Thomas Klappstein (Hg.)

Weihnachtswundernacht

Geschichten für die schönste Zeit des Jahres

– Sonderausgabe –

Thomas Klappstein (Hg.)

WEIHNACHTS-WUNDERNACHT

Geschichten für die schönste Zeit des Jahres

Mit Texten von:

Miriam Küllmer-Vogt, Christina Brudereck, Jörg Arndt, Albrecht Gralle, Fabian Vogt, Christian Döring, Mickey Wiese, Frank Bonkowski, Klaus Dojahn, Sabine Langenbach, Thomas Klappstein, Gofi Müller

Brendow

Sonderausgabe des Buchs „Weihnachtswundernacht“, Band 6
von Thomas Klappstein (Hg.), ISBN 978-3-86506-991-7

Einbandgestaltung: Brendow Verlag, Moers
Satz: Brendow Web & Print, Moers
Druck und Verarbeitung: CPI – Clausen & Bosse, Leck
Printed in Germany

www.brendow-verlag.de

Inhalt

Vorwort

Gibt's ihn eigentlich wirklich, den „Geist der Weihnacht"?

Ja klar, werden die Jüngeren unter Ihnen, den Leserinnen und Lesern, einwerfen. Vielerorts wird das beliebte Musical, das auf der Erzählung „A Christmas Carol" des englischen Schriftstellers Charles Dickens beruht, in der Weihnachtszeit aufgeführt. Diese besondere Weihnachtsgeschichte, ein Klassiker der Literaturgeschichte, fehlt auf keinem weihnachtlichen Angebotstisch in Buchhandlungen; sie findet jedes Jahr neue Käufer und Leser.

In ihr verwandelt sich die von Dickens erschaffene Figur Ebenezer Scrooge, ein alter, grantiger Geizhals, durch den „Geist der Weihnacht" in einen freundlichen Menschen, der lernt, wieder an die Liebe zu glauben. Im Traum erscheint der Geist Ebenezer einmal als „Geist der vergangenen Weihnacht", dann als „Geist der gegenwärtigen Weihnacht" und schließlich als „Geist der zukünftigen Weihnacht".

Mit Weihnachtserlebnissen in der Vergangenheit, Weihnachtsgeschichten der Gegenwart und futuristischen, zukünftigen Weihnachtsfantasien haben sich auch die Autorinnen und Autoren dieser Ausgabe der „Weihnachtswundernacht" beschäftigt. Herausgekommen sind mal heitere, mal nachdenklich machende Geschichten rund um das „Wunder der Weihnacht".

Klaus Dojahn, im ostpreußischen Königsberg geboren, nach kriegsbedingter Flucht in den Westen Deutschlands und Auswanderung auf dem amerikanischen Kontinent gelandet, berichtet von seinem ersten Weihnachtsfest in der kanadischen Prärie, das er 1957 als 19-Jähriger erlebte.

Jörg Arndt und Mickey Wiese hingegen beschäftigen sich in ihren „Science-Fiction-Szenarien" mit möglichen Weihnachtsfesten der Zukunft. In Wieses Geschichte beispielsweise geht es um eine auf einem Bibeltext basierende These, die bei manchen Leserinnen und Lesern für Gesprächsstoff sorgen könnte.

Alle Autorinnen und Autoren verbindet ein gemeinsames Anliegen: Sie möchten Ihnen mit ihren Kurzgeschichten eine Zeit des Ankommens bereiten, die von einem adventlich-weihnachtlichem Geist geprägt ist. Eine Zeit, die voller Wunder steckt, die es von uns allen zu entdecken gilt.

Ihnen als Leserin und Leser wünsche ich besinnliche Momente, gesegnete Adventstage und -wochen, eine frohe Weihnachtszeit und mindestens ein echtes Weihnachtswunder.

Thomas Klappstein

Der Schlüssel zu den Dingen

Miriam Küllmer-Vogt

„Maik, wo ist denn der Schlüssel?“, rufe ich meinem Mann von der Kellertreppe aus zu.

„Wie bitte?“, höre ich ihn aus dem Zimmer unseres Sohnes zwischen den Klängen von Jingle-Bells zurückfragen. Und dann: „Kinder, macht doch mal das I-Pad leiser!“

„Der Schlüssel zum Keller, du weißt schon ...“, rufe ich gutgelaunt und füge verschwörerisch hinzu: „Gleich kommt doch der Weihnachtsmann, und da will ich im Keller noch mal kurz schauen, ob ich für ihn eine Flasche Wein finde ...“

„Der Weihnachtsmann, hahaha!“, ruft meine Tochter.

Es ist Heiligabend. Ein wunderbarer Heiligabend. Draußen hat es geschneit. Zwar nur wenig, aber immerhin. Die hauchdünne Schneedecke glitzert im Licht der weihnachtlichen Straßenbeleuchtung. Es ist so richtig schön kalt. Draußen. Hier drinnen ist es schön warm. Im Familien-Display flackert beruhigend ein digitales Kaminfeuer. Die Forellen mit Butter und Dill liegen schon im Ofen. Er muss nur noch angestellt werden. Die Kartoffeln sind bereits gekocht und befinden sich in ihrem Topf mit Deckel unter meiner Bettdecke, damit sie schön warm bleiben. Die Kinder haben Ferien. Schon seit zwei Tagen. Das Krippenspiel war herzallerliebst. Die kleine Emma hat heute einen langen Mittagsschlaf gehalten und ist gut gelaunt. Sofie, unsere Große, hat ihr E-Book zugeklappt, und alle warten jetzt gemeinsam in Bens Zimmer darauf, dass das silberne Glöckchen läutet. Dass endlich Weihnachten wird.

Jetzt fehlt nur noch eines: Der Weihnachtsmann muss kommen. Beziehungsweise ich. Die Geschenke warten schon auf dem runden Tisch im Keller. In einem großen braunen Sack. Dem Sack vom Weihnachtsmann, ist ja klar. Ich persönlich denke ja, es hätte gereicht, die Geschenke in dem Sack zu verstecken und die Kinder darauf hinzuweisen, dass der Kellerraum für sie tabu ist. Ich meine: Sie sind doch schon groß. Sie verstehen, dass man in den Wochen vor Weihnachten nicht im Haus nach Geschenken suchen darf.

Und die kleine Emma ist noch so klein, die würde keinen Unterschied erkennen zwischen den vielen Dingen, die bei uns offen rumliegen und den paar Dingen, die nicht offen rumliegen. Noch nicht. Den sogenannten Geschenken. Die bald, sehr bald schon, unseren Vorrat an Dingen offiziell bereichern werden.

Ich höre meinen Mann ein paar Stufen herunterkommen.

„In meiner Schreibtischschublade, links oben“, raunt er mir zu.

Ich nicke und betrete sein Büro. Es befindet sich direkt neben dem Kellerraum. Ich öffne die Schublade links oben. Siebzehn Kugelschreiber, ein Taschenrechner, ein Messer (Moment mal!), Visitenkarten, ein Stick in Spiderman-Form, Briefmarken, Büroklammern, zwei Ersatzbrillen, ein paar alte

Ratzefummel – unnütze Dinger, radieren eh nicht mehr richtig. Die können weg, entscheide ich, nehme sie und werfe sie direkt in den Papierkorb.

Ich wühle weiter, verschiebe den Haufen nach rechts, nach links, nach vorne und nach hinten.

„Da ist kein Schlüssel“, sage ich laut.

Mein Mann hört mich nicht. Er ist wieder hoch zu den Kindern gegangen.

Ich gehe raus aus seinem Büro, stelle mich auf die untere Stufe der Kellertreppe und rufe: „Da ist kein Schlüssel!“

„Was?“, höre ich von oben.

„Da ist kein Schlüssel“, rufe ich lauter. Ich bin leicht genervt. Eine blöde Idee, die Kellertür abzuschließen. Na ja, was soll’s. Heute ist Weihnachten. Ich will mich nicht ärgern.

„Aber klar ist da der Schlüssel, mein Schatz“, höre ich meinen Mann mit sanfter Weihnachtsstimme säuseln, dann eilt er die Treppe zu mir herunter. Nimmt meinen Kopf zwischen seine Hände. Gibt mir einen Weihnachtskuss. Betritt sein Büro. Runzelt die Stirn angesichts der durchwühlten Schublade, wirft einen prüfenden Blick unter den Schreibtisch, saugt die Luft ein, ein scharf zischendes Geräusch, und holt die angeknabberten Ratzefummel wieder aus dem Papierkorb. Legt sie wortlos in die Schublade zurück. Wühlt in dem Haufen. Schiebt ihn nach rechts, nach links, nach vorne, nach hinten. Schließt die obere Schublade, öffnet die darunterliegende, wühlt sie durch, schließt sie wieder, öffnet die darunterliegende, wühlt sie durch, schließt sie wieder, geht in die Hocke, öffnet die untere und letzte. Wühlt, schließt sie wieder.

Ich verlagere mein Gewicht vom linken auf das rechte Bein

und sehe dabei zu, wie mein Mann auch die Schubladen auf der anderen Seite des Schreibtischs durchwühlt.

„Na, nichts zu finden?", frage ich betont ruhig. Was für eine *extrem bescheuerte* Idee, den Keller abzuschließen.

Mein Mann fährt sich durchs Haar. „Ich bin mir ganz sicher: Ich habe den Schlüssel in eine meiner Schreibtischschubladen gelegt", sagt er. Ich sehe eine kleine Schweißperle auf seiner Stirn. Er wischt sie weg. „Oder zumindest habe ich ihn an einem *ganz sicheren Platz* versteckt."

Ich schöpfe Hoffnung.

„Ja, jetzt erinnere ich mich", fährt mein Mann fort, „es war ein *ganz sicherer Ort* ..."

„Und zwar welcher?", frage ich, neugierig, interessiert.

„Tja, wenn ich das nur wüsste ..."

Von oben ruft unsere Älteste: „Was ist, geht's jetzt los?"

„Der Weihnachtsmann hat sich verspätet ...", erklärt mein Mann in Richtung oberes Stockwerk.

„Es gibt keinen Weihnachtsmann", kontert unsere Tochter. „Holt Mama jetzt endlich die Geschenke ins Wohnzimmer?"

„Wir haben ein Problem, meine Süße!", sage ich laut und klar.

„Nämlich welches?"

„Papa hat den Schlüssel zum Keller verschlampt."

„Das ist jetzt nicht euer Ernst, oder ... Ben!" Sofies Stimme bekommt einen leicht schadenfrohen Tonfall. „Papa findet den Kellerschlüssel nicht mehr. Es wird nichts aus deinem neuen Andor-Spiel!"

„Nee, oder?", mischt sich jetzt unser Sohn ins Geschehen ein.

Ich seufze.

„Komm, wir suchen ihn. Er muss doch irgendwo sein." Mein Mann versucht, motivierend zu klingen, und es gelingt ihm auch.

Die kleine Emma wird in ihren Laufstall gesteckt, die beiden Großen helfen uns beim Suchen. Mein Mann nimmt sich noch mal den Schreibtisch vor. Ben inspiziert alle Schubladen in unserem Haus, die Dinge beinhalten. Dinge, die man immer wieder braucht und die darum in einer dieser Dinge-Schubladen landen. Wir haben zwei davon in der Küche, eine im Esszimmer, eine im Bad, eine in jedem Kinderzimmer und natürlich eine Menge im Kellerraum. Aber darin kann der Schlüssel ja schon mal nicht sein.

Sofie schaut überall da, wo man nicht drauf kommen würde. Also an Stellen, wo man *garantiert nie* suchen würde, wenn man einen Schlüssel sucht. Am Schlüsselbund. Im Zahnputzbecher. In Brillenetuis. Im Safe. Hinter dem Schreibtisch. Im Besteckkasten. Im Monopoly-Spiel. Im Gitarrenkasten. Bei den Putzmitteln ... Nein, da würde mein Mann nie etwas verstecken. Er weiß ja gar nicht, dass es diese Putzmittel überhaupt gibt!

Die Zeit vergeht. Ich schaue vor der Haustür nach. Im Weihnachtsgesteck. Nichts. Im Briefkasten. Natürlich nicht!

Es fängt an zu nieseln. Was soll *das* denn! Die hauchdünne Schneedecke verliert ihren Glanz und wird zum allvertrauten Matsch. Schade. Die Temperatur steigt. Die Stimmung sinkt. Ich suche weiter. Schimpfe leise vor mich hin. Mein Sohn Ben schimpft ebenfalls. Aber lautstark.

Sofie hat die Suche aufgegeben. Sie sitzt mit ihrem E-Book auf dem Sofa und liest. Emma winselt in ihrem Laufstall.

„Kann sich einer mal um Emma kümmern?“, rufe ich genervt.

Mein Mann flucht. „Wo ist dieser verdammte Schlüssel?!“

Ich gehe in die Küche und stelle den Ofen an. Wenigstens werden wir nicht verhungern.

Dann nehme ich Emma aus dem Laufstall und gehe mit ihr ins Wohnzimmer. Ich setze sie meiner Großen auf den Schoß.

„Och Mama“, seufzt sie, „muss das sein? Ich lese doch ...“

„Lesen kannst du, wenn du alt bist!“, sage ich. „Entweder du suchst mit, oder du kümmerst dich um deine Schwester. Und pass auf, dass sie die Lebkuchen nicht abfrisst.“

„*Abfrisst*?“ Meine Tochter starrt mich entsetzt an. „Emma ist doch kein *Hund*!“

„Das spielt jetzt keine Rolle“, sage ich. „Was liest du da eigentlich?“

„Ach, so eine Weltraumsaga. Jetzt kämpft die Heldin sich gerade durch einen Meteoritenhagel hindurch. Von allen Seiten fliegen ihr die Dinger um die Ohren, und sie muss ...“

Es kracht. Ich hechte die Kellertreppe hinunter. Und sehe, wie Ben die Kellertür angreift.

„Ich ... will ... mein ... Andor-Spiel!“, wütet er und versetzt der Tür bei jedem Wort einen gewaltigen Tritt. Ich halte ihn fest. Er windet sich.

„Können wir nicht einfach noch mal die Version vom letzten Jahr spielen?“ Die genervte Stimme meiner Tochter aus dem Wohnzimmer. „Die ist wenigstens nicht eingesperrt.“

„Nein, ich habe keine Lust auf die alte Version, ich will die neue!“, schimpft mein Sohn. „Es gibt ganz neue Helden! Und neue Monster! Die will ich besiegen!“ Mit diesen Worten entreißt er sich meinem unentwindbaren Fesselgriff und tritt wieder heftig gegen die Kellertür. Gute Arbeit. Also die Tür. Hängt fest in den Angeln.

„Mit Gewalt erreichst du gar nichts!", belehre ich meinen Sohn.

„Das wollen wir ja mal sehen", gibt er mir zu verstehen und springt wieder gegen die Tür.

„Ach, was soll's", sage ich, „versuchen wir es zu zweit."

Wir springen gegen die Tür. Ich schreie vor Schmerz auf und halte mir die Schulter.

Maik hastet die Treppe runter. „Schluss damit!", fährt er uns an. „Spinnt ihr total? So eine neue Kellertür kostet ein Vermögen!" Dann richtet er sich beschwichtigend an unseren Sohn: „Sieh es doch mal so, Ben, wir haben doch eh schon genügend Dinge. Lassen wir die Geschenke in diesem Jahr einfach mal weg!"

Der Sohn springt dem Vater an die Gurgel. Zu Recht, denke ich. Denn mein Mann hat sich *sein* Weihnachtsgeschenk, einen neuen Flachbildschirm, schon vor Wochen selbst gekauft und im Schlafzimmer aufgestellt.

„Okay, okay ... Wo ist das Telefon?", röchelt Maik, entkommt dem kindlichen Würgegriff durch männliche Muskelkraft und stellt Ben auf dem Boden ab.

„Vermutlich da, wo auch der Kellerschlüssel, deine Sicherungsfestplatte, Papas Fäustel und die Haargummis unserer Tochter sind", sage ich. Erbost. Sehr erbost.

„Was ist ein Fäustel?", fragt Ben.

„Ein dicker, fetter Hammer", sage ich.

Emma fängt oben im Wohnzimmer an zu weinen.

„Klappe!", rufe ich nach oben.

Mein Mann stampft die Treppe wieder hoch, ich stampfe hinterher. Er greift nach seiner Jacke und schnappt sich sein Handy, ich sehe ihn auf dem Display herumhacken. Dann höre ich seine Stimme: „Müller hier, guten Abend ... jaja, fröhliche Weihnachten. Wir brauchen den Schlüsseldienst ... Ja, es muss heute sein ... Eine ganz normale Kellertür. Nein, nicht der Heizungskeller. Der Weihnachtskeller. Wo die Geschenke drin sind. Also ... ein ganz normaler Keller eben."

Ich fasse es nicht. Er will den Schlüsseldienst rufen! An Heiligabend!

„Was?" Ich höre meinen Mann nach Luft schnappen. Ich springe auf und renne zu ihm. Er scheint zu kollabieren. Ich halte ihn fest. Fächele ihm Luft zu.

„*500 Euro?* Sind Sie *wahnsinnig*? So viel haben ja die Geschenke zusammen nicht gekostet ..."

Er beginnt, den Menschen auf der anderen Seite der Leitung wüst zu beschimpfen.

„Sie sind ein mieser Abzockladen! Sie nehmen's von den Lebendigen! Aber ohne mich, ohne mich, Sie ... scheinheilige Möchtegernhelfer!"

Ich reiße ihm den Hörer aus der Hand und lege lautstark nach: „Und wenn Sie dieses Gespräch aufzeichnen sollten, dann lassen Sie mich Folgendes sagen: Ich *hasse* es, vor verschlossenen Türen zu stehen. Aber mehr noch hasse ich alle Leute, die daraus Gewinn schlagen, dass andere so *doof* sind und nicht wissen, wo sie ihren Kram haben."

Ein Tuten in der Leitung. Er oder sie hat aufgelegt.

„Frechheit", knurrt mein Mann.

„Frechheit", fauche ich.

Ein dumpfer Schlag ertönt. Dann ein Schrei.

Eine halbe Stunde später sitze ich mit unserem Sohn in der Notfallaufnahme. Er hat versucht, mit dem Fäustel, der übrigens in der Garage stand, die Kellertür einzuschlagen. Und sich dabei den Arm ausgerenkt. Er brüllt wie am Spieß. Die Kellertür hat einen Riss. Aber um den weiteren Durchbruch kann ich mich jetzt nicht kümmern.

Um 23.19 Uhr kommen wir zurück. Es regnet. Im Haus stinkt es nach verbranntem Fisch.

Emma schläft. Neben dem Weihnachtsbaum. An ihrem Mund kleben Lebkuchenkrümel. Sofie sitzt auf dem Sofa und liest. Neben ihr steht eine geleerte Müslischale. Ben macht sich auch ein Müsli. Sein Arm ist wieder eingerenkt.

Ich gehe ins Schlafzimmer. Mein Mann liegt auf dem Bett und guckt fern.

„Da bist du ja wieder“, sagt er. „Alles okay mit Ben?“

„Ja, alles okay“, sage ich und setze mich auf die Bettkante. „Hast du die Tür eingeschlagen?“

„Nein“, sagt er.

„Hast du den Schlüssel gefunden?“

„Ich habe nicht weiter danach gesucht.“

„Die Forellen sind verbrannt“, sage ich.

„Ich weiß“, sagt er.

„Du hättest den Herd rechtzeitig ausstellen sollen“, sage ich.

„Ja, hätte ich machen sollen“, sagt er.

„Hast du schon was gegessen?“, frage ich.

„Ja“, sagt er.

„Und zwar was?“, frage ich.

„Kartoffeln“, sagt er. „Habe ich im Bett gefunden.“

„Na super", sage ich.

Von unten klingelt das silberne Glöckchen.

Wir blicken uns an. Mein Mann steht auf. Wir gehen die Treppe runter.

Die Kerzen am Baum brennen. Emma wurde zu ihrer eigenen Sicherheit ein Stück vom Baum weggelagert.

Sofie hat ihr E-Book zugeklappt. Sie hält das Glöckchen in der Hand.

„Ich bin fertig mit Lesen", sagt sie und lächelt. „Es ging gut aus. Sie ist heil durch den Meteoritenhagel hindurchgekommen."

„Wie schön für sie", sage ich.

Ben löffelt sein Müsli.

Maik schaltet das digitale Kaminfeuer aus. Es ist jetzt dunkel. Nur die Kerzen am Baum leuchten.

Ich pflücke mir einen Lebkuchen von einem der unteren Äste und knabbere ein wenig daran herum. Großen Appetit habe ich nicht. Aber Durst. Ich gehe ich die Küche und trinke einen halben Liter Wasser. Aus dem Wasserhahn.

Wir nehmen uns Decken und Kissen und kuscheln uns auf den Teppich um den Baum herum. Nicht zu nah, versteht sich. Ben hat das I-Pad aus seinem Zimmer mitgebracht. Wir hören Jingle-Bells. Immer wieder. Und gucken den Baum an. Emma schnarcht ein wenig. Es klingt so süß.

In Bens müden Augen spiegelt sich das Kerzenlicht. Ich bin froh, dass sein Arm wieder okay ist.

Sofie schmiegt sich an mich. „Weißt du, Mama", sagt sie, „diese vielen Dinge ... manchmal kämpfen wir uns durch sie hindurch. Wie durch einen Meteoritenhagel. Aber woran wir wirklich unser Herz hängen, das ist doch etwas ganz anderes."

„Kluges Mädchen", sage ich und streichele ihr Haar.

„Ich hätte trotzdem gerne heute mein neues Andor-Spiel ausprobiert", sagt mein Sohn.

„Ich auch, mein Schatz", sage ich.

Plötzlich springt mein Mann auf. „Ich weiß wieder, wo ich ihn hingelegt habe", sagt er, greift nach seiner Jacke, rennt nach draußen.

Wir hören, wie die Autotür geöffnet und nach kurzer Zeit wieder geschlossen wird.

Maik kommt zurück ins Haus.

Wir schauen ihn wortlos an.

„Im Handschuhfach", sagt er und lächelt unseren Sohn an, der kaum noch die Augen offen halten kann. „Lust auf Bescherung?"

„Morgen", sagt Ben. „Jetzt kann ich nicht mehr. Aber morgen, morgen besiege ich alle Monster."

Maria, ihre Freundinnen, ein glücklicher Engel und ein Einhorn

Christina Brudereck

Ich war immer die Regisseurin. Seit mehr als dreißig Jahren jetzt. Und später bei der Aufführung am Heiligabend die Souffleuse. Für die Kinder, die ihren Text vergaßen. Meistens, weil sie aufgeregt waren. Texte, die ich zum großen Teil selbst verfasst hatte. Ich nähte auch einige der Kostüme. Und ich rief alle zu den Proben zusammen. Es begann immer mit der Rollenverteilung. „Casting“, sagten die Kinder dazu. Ich hatte bestimmte Vorstellungen, das muss ich zugeben. Aber ich richtete mich immer auch nach den Wünschen der Kinder. In diesem Jahr brachten sie mich allerdings zum ersten Mal an meine Grenzen.

Es begann damit, dass der Dünnste von allen, Luis, unbedingt den Wirt spielen wollte. Ein schlanker Wirt?! Das passt doch überhaupt nicht. Ich fragte vorsichtig nach. Aber weder wollte der kleine runde Elias den Wirt spielen noch Johan mit den dicken roten Wangen. Luis aber wollte unbedingt. Und so war es beschlossen. Wir würden ihm ein Kissen unter die Schürze stopfen, dann würde es schon gehen.

Ich hatte nicht bemerkt, dass der Pfarrer zu uns in die Kirche gekommen war. Wie lange er wohl schon dagestanden hatte? Er nickte mir zu. Freundlich, aber knapp. Wir hatten in den letzten Jahren immer wieder unsere Meinungsverschiedenheiten gehabt. „Wie schön, dass wir auch diesmal wieder ein Krippenspiel haben werden", sagte er laut in die Runde. „Vielen Dank, Kinder." Dann streichelte er dem dünnen Luis über den Kopf und meinte: „Der Wirt ist eine wichtige, aber ja keine biblische Figur. Es ist uns also auch nicht überliefert, wie er aussah." Vielsagend blickte er in meine Richtung. Dieser Besserwisser. Ich fühlte mich ertappt und klatschte zweimal laut in die Hände. „Weiter geht's! Wir müssen noch mehr Rollen verteilen. Hat noch jemand einen Wunsch?" Ich betonte das Wort „Wunsch" und lächelte dem Pfarrer dabei zu.

Henri wollte den Josef spielen. *Ach, wie schade*, dachte ich. Denn der Mann neben Maria war eine Figur mit nur ganz wenig Text. Er legte den Arm um seine Frau, hielt in einer Szene das Baby und sprach einen kurzen Dialog mit dem Wirt. Zwei, drei Sätze, nicht mehr. Daher zögerte ich wieder. Henri war ein guter Schüler und könnte sicher mit Leichtigkeit sehr viel mehr Text auswendig lernen. Aber nun – Henri war zuverlässig. Was für eine Katastrophe es wäre, zu Weihnachten ohne Josef dazustehen! Also gab ich seinem Wunsch nach.

Als Nächstes suchte ich einen Engel. Jasmin mit ihren langen blonden Haaren wäre eine Idealbesetzung. Aber sie schüttelte nur ihren hübschen Kopf. „Engel passt nicht zu mir." Ich wusste, wie dickköpfig sie war, und versuchte gar nicht erst, sie zu überreden. Ida wäre auch sehr geeignet. Ihre Locken waren zwar nicht blond, aber wenn sie ihre Zöpfe löste, sahen sie malerisch aus. Sie würde eine schöne Maria abgeben. Aber auch sie wollte nicht. Da meldete sich Hassan. So schüchtern, dass ich ihn fast übersehen hätte. Hassan hatte Haut wie Oliven, einen kurzgeschorenen Kopf mit ein paar schwarzen Stoppeln. Erster Bartflaum war über seiner Oberlippe zu sehen. Was für ein Engel war das? Als käme er direkt aus Bethlehem ... Ich musste über mich selbst lachen. „Einverstanden", nickte ich ihm zu, und er strahlte mich an. „Der Text vom Engel ist so super", sagte er leise. Da wusste ich, dass er es großartig machen würde. „Aber du musst ihn laut sprechen, ja?", sagte ich mit gespielter Strenge. „Ja, versprochen!", sagte er. Und: „Danke. Ich wollte immer schon der Engel sein."

Die jüngsten Kinder würden Schafe spielen. Einige Jungen sagten, sie wären gerne Hirten. „Und ich spiele wieder eine Hirtin!", sagte Alina. Ich bekam eine Gänsehaut bei der Erinnerung an die Diskussion, die ich vor zwei Jahren mit ihrer Mutter hatte. Sie hatte darauf bestanden, dass es neben den Hirten auch Hirtinnen gegeben hatte. In der Heiligen Nacht. Und dass diese Figuren daher auch in unserem Krippenspiel vorkommen müssten. Ich hatte nur kurz gezögert, da war sie auch schon zum Pfarrer gelaufen und hatte ihn auf ihre Seite gezogen. Die Vorstellung war eben einfach neu für mich, aber schon sehr bald mochte ich sie. Ich hatte schnell ein paar Texte für die Hirtinnen geschrieben. Viele der Mädchen mochten diese Rolle und lernten eifrig. Ich war, ehrlich gesagt, auch froh, sie nicht länger in Jungenkostüme stecken zu müssen. Die Gruppe der Hirtinnen sah aus wie Ronja Räubertochter und ihre Bande. Alina, Jasmin, Ida und ihre Bande. Sie staunten über die Sterne, hörten dem Engel gespannt zu, brachten Körbe mit Essen in den Stall, bewunderten das Baby und machten Maria Mut. Sie hatten das Krippenspiel wirklich bereichert. Das wollte ich trotz anfänglicher Vorsicht gerne zugeben.

Ja, Maria. Die wichtigste Rolle war noch unbesetzt. Ich guckte Ida an. „Möchtest du vielleicht in diesem Jahr die Maria spielen?“ Ich nickte ihr aufmunternd zu. Aber Ida gab mir zum zweiten Mal einen Korb. Kein Engel, keine Maria. „Ich bin wirklich lieber eine Hirtin“, sagte sie. Ich sah ein Mädchen nach dem anderen an. Groß waren sie geworden. Jasmin, Zoe, Helene, Lotta, Emma, Sarah, Felicitas, Berenike, Lena, Franzi, Mila. Wer würde Maria spielen? Wer könnte? Wer wäre dieser Rolle gewachsen?

Helene überraschte mich: „Ich spiele sie“, sagte sie. Ich war dankbar. Helene hatte ein feines Gesicht. Eine schöne Ausstrahlung. „Aber nicht alleine.“ Ich dachte erst, ich hätte mich verhört. „Wie bitte?“, fragte ich nach. „Ich spiele sie. Aber nicht alleine“, wiederholte Helene. „Aber wie meinst du das denn?“, wollte ich wissen. „Ich spiele sie. Aber nur mit einer Freundin.“ – „Aber Maria hatte keine Freundin!“, protestierte ich. „Woher wollen Sie das denn wissen?“, fragte jetzt Zoe nach. „Der Wirt kommt nicht in der Bibel vor und darf schließlich auch mitspielen.“ Diese Kinder waren zu schlau für mich. Zu selbstbewusst. Und was setzte der Pfarrer ihnen auch solche Flausen in den Kopf?

Ich sprach ein kurzes Gebet. Still, für mich. Diese Kinder waren echte Kinder. So echt wie Weihnachten. Die Liebe kam zur Welt. Gott nahm alle unsere Rollen an. Was, wenn Gott die Regisseurin wäre? Würde er in seiner Weisheit etwa mehr eingreifen? Verbieten? Überreden? Verhindern? Gewinnen?

Ich gewann meine Fassung zurück. Und auch meine Freude war wieder da. „Also“, fragte ich, „wer möchte die Freundin von Maria sein?“ – „Ich!“, riefen Berenike und Lotta gleichzeitig. Wir lachten alle. „Gut“, entschied ich, „Maria hat zwei Freundinnen.“ Ich schüttelte schmunzelnd den Kopf. „Ich denke mir noch biblische Namen für euch aus und schreibe ein paar neue Zeilen für euch. Bei der nächsten Probe bekommt ihr euren Text.“ – „Ich könnte vielleicht eine Hebamme sein“, meinte Berenike. „Und ich Marias Nachbarin“, sagte Lotta. Diese Mädchen hatten wirklich eine blühende Fantasie. Da stand Hassan, unser Engel, auf und meinte: „Ich finde, das ist doch eine echt gute Idee. Dass Maria nicht so alleine ist. Ich könnte vielleicht auch der Freund von Josef sein.“ Aber jetzt reichte es mir. „Nein. Du bist der Engel. Das ist auch eine Art Freund. Das muss reichen.“ Zu meiner Verwunderung widersprach diesmal niemand. Vielleicht mochten sie auch einfach Hassan schon zu sehr als ihren Engel. Mich selbst eingeschlossen.

„Wer fehlt uns noch? Ach natürlich! Die Heiligen Drei Könige!“, sagte ich jetzt. „Wir sind die drei Könige“, posaunte Tom heraus. Er war gerade mal in diesem Sommer in die Schule gekommen. Sehr jung für einen Weisen! Neben ihm standen Felix und die kleine Anna. Sie hatten sich untergehakt und guckten mich selig an. Anna sagte stolz: „Ich ziehe mein Glitzerkleid an. Das passt super gut zu einer Sternkundigerin.“ Sie strahlte. Felix nuschelte: „Ich habe aber leider kein Kamel. Aber ich habe ein Pony. Ein Pony geht aber sicher auch.“ Und

Tom erzählte: „Und ich habe ein Einhorn. Das wollte, glaube ich, sowieso schon immer bei einem Krippenspiel mitmachen. Okay?" Er lachte uns alle an. Und die Kinder nickten. „Ja, ein Einhorn brauchen wir unbedingt!", sagte Berenike. „Ein Einhorn sollte nicht fehlen", meinte auch Hassan. „Ein Krippenspiel ohne Einhorn wäre überhaupt uncool", meinte Toms großer Bruder Max. Was hatten sie denn nur alle? Tom guckte mich mit seinen großen Augen sehnsüchtig fragend an. Ich verstand zwar nicht ganz, was die Kinder meinten, war aber auch einverstanden. „Ein Einhorn. Ja, warum nicht?" Und hatte mich damit ein weiteres Mal selbst überrascht.

Ja, überraschend würde es in diesem Jahr werden. Aber das passte doch wohl richtig gut zu Weihnachten! Ich gab den nächsten Probentermin bekannt und freute mich schon jetzt auf das Bild, das wir der Gemeinde am Heiligabend bieten würden. Mit Maria und ihren Freundinnen, einem glücklichen Engel, einer Bande Hirtinnen, einem Einhorn. Und einer Souffleuse, die zwar eigentlich überhaupt keine Veränderungen mochte, aber Weihnachten so sehr liebte.

Kingstar

Jörg Arndt

Eben noch strahlend weißes Licht – jetzt totale Finsternis.

Schwerelosigkeit.

Der stechende Geruch von verschmorten Kabeln liegt in der Luft.

Ich fühle mich benommen.

Der Bordtechniker schwebt vorbei, seine Kopflampe lässt einen Lichtkreis über den Boden des Schiffes wandern.

„Keine Panik", sagt er zu mir. Seine Stimme klingt gelassen. „Ist nur eine Kleinigkeit. Das Portal hat die Schaltkreise überlastet."

Er verschwindet Richtung Heck, bald darauf leuchten Licht und Monitore auf, ich spüre ein dumpfes Vibrieren, die Schwerkraft kehrt zurück.

Auf dem Außenschirm erscheint leuchtend blau und schön die Erde.

Kein Zweifel: Das Experiment ist fehlgeschlagen.

Der Projektleiter berät sich murmelnd mit seinen Assistenten.

„Sollten wir nicht zwei Lichtjahre entfernt sein?", frage ich ihn. Er hebt kurz den Kopf, sieht mich grimmig an, antwortet aber nicht. Ich kann ihn verstehen. Fünf Jahre lang hat er das Experiment vorbereitet. Und nun das.

Der Systemtechniker wirkt ungewöhnlich blass. „Das Funkgerät ist intakt", höre ich ihn sagen. „Ich habe sogar schon den Mond angepingt. Alles in Ordnung. Aber ich bekomme trotzdem keine Verbindung. Mission Control, die anderen Schiffe, nichts. Nicht mal Bakensignale."

„Das kann nicht sein", knurrt der Käpt'n.

Ich fühle, wie die Angst beginnt, mich einzuschnüren.

Um mich zu beruhigen, atme ich tief in den Bauch und schaue in den Weltraum hinaus. Der glitzernde Teppich der Sterne, den der Screen mir zeigt, ist von überwältigender Schönheit. Allein für diesen Anblick hat sich die Reise gelohnt. Unwillkürlich suchen meine Augen nach vertrauten Mustern im Gewimmel der Lichtpunkte, aber ich finde keines der vier oder fünf Sternbilder, die ich kenne, darin wieder. Na ja, schließlich bin ich Journalistin und keine Astronomin.

Ich strecke die Hand aus und schiebe den Bildausschnitt weiter. Ein strahlend heller Stern fällt mir auf. Vielleicht Jupiter?

Ich zoome heran, befrage den Bordcomputer. „Data not available." Er weiß es nicht. Merkwürdig.

Auf der Erde wird es dunkel. Der Käpt'n flucht. Ich beschließe, mit ihm zu sprechen. Immerhin ist es meine Aufgabe, diese Reise zu dokumentieren. Die Kingstar ist das erste Raumschiff der Geschichte, das einen Hyperraumflug versucht hat. Ein historischer Moment, auch wenn das Experiment offensichtlich fehlgeschlagen ist.

Ich löse meine Gurte und schlängele mich durch den engen

Gang nach vorn. Der Käpt'n, der mit seinen buschigen Augenbrauen und dem wilden schwarzen Bart auch gut auf ein Piratenschiff gepasst hätte, dreht sich zu mir um, nickt kurz und deutet dann auf den Hauptbildschirm. „Normalerweise kann man von hier aus die Lichter der Städte erkennen", sagt er, und es klingt wie eine Entschuldigung. „Der ganze Planet ist mit einem leuchtenden Netz überzogen. Und nun schauen Sie sich das hier an. Da ist gar nichts!"

„Vielleicht ein globaler Stromausfall?" Der Käpt'n wirft mir einen mitleidigen Blick zu. Mit einer Kopfbewegung bedeutet er dem Steuermann, näher an die Erde heranzufliegen. Bald durchqueren wir den Satellitengürtel, müssen uns in Acht nehmen, damit wir nicht mit Weltraumschrott kollidieren, doch die Warngeräte bleiben stumm.

Mir kommt ein abenteuerlicher Verdacht. Mühsam kratze ich in meinem Kopf zusammen, was ich im Vorfeld der Reise über Einstein'sche Feldgleichungen gelesen habe, dann gehe ich zum Projektleiter und frage ihn nach seiner Meinung. Der will nichts davon wissen. Ich lasse mich nicht abwimmeln, bohre nach. Darin habe ich Übung.

Ja, gibt er endlich widerstrebend zu, theoretisch bestünde eine vage Möglichkeit, dass uns das Portal durch die Zeit anstatt durch den Raum gesandt hat. Aber praktisch auf keinen Fall. Alle führenden Wissenschaftler seien sich darin einig, dass Zeitreisen nicht machbar seien. Andernfalls lägen uns längst belastbare Berichte über Begegnungen mit Besuchern aus der Zukunft vor. Seine Entschlossenheit, jede weitere Diskussion über das Thema zu vermeiden, trägt nicht gerade dazu bei, meinen Verdacht zu zerstreuen.

Ich wende mich wieder dem Käpt'n zu. Die Falten auf seiner Stirn bewegen sich auf und ab. „Entweder sind wir in einem verdammten Paralleluniversum aufgeschlagen, oder Sie haben recht mit Ihrer Vermutung", knurrt er. „Aber das werden wir feststellen."

Unter uns wird es wieder hell auf der Erde, der amerikanische Kontinent erscheint. Der Käpt'n fokussiert den Hauptbildschirm und zieht den Zoom hoch.

„Dort unten sollte jetzt eigentlich New York City zu sehen sein. Und Philadelphia", kommentiert er nach einer Weile. Er beobachtet die Monitore, wechselt zwischen den Vergrößerungen. „Nichts. Los Angeles ist auch nicht da."

„Sehen Sie das?", fragt er einige Zeit später und deutet auf eine gezackte Linie. „Das ist die Chinesische Mauer!" Wir blicken schweigend auf die Erde hinab, die unter uns hinwegzieht. Das Mittelmeer erscheint. Es ist ein wolkenloser Tag. Wieder hantiert der Käpt'n mit dem Zoom, deutet auf einen grauen Fleck. „Rom", sagt er knapp.

Ich versuche, meine Panik zu unterdrücken. „In welcher Zeit sind wir gelandet?"

Der Systemtechniker meldet sich zu Wort. „Ich habe den Bordcomputer die Planetenkonstellation durchrechnen lassen. Wir haben den 10. Mai im Jahr 5 vor Christus."

„Soll das heißen, dass wir in ein paar Jahren die Geburt von Jesus live miterleben können? Das wäre doch mal eine Story!", sage ich und versuche, es wie ein Scherz klingen zu lassen. Niemand lacht.

„Möglich wär's", antwortet der Techniker ernsthaft. „Vielleicht hat sie aber auch schon stattgefunden. Soweit ich weiß, hat sich der Mönch, der unsere Zeitrechnung erfunden hat, um ein paar Jahre vertan."

„Und was machen wir jetzt?"

Der Käpt'n sieht mich mit unbewegter Miene an. „Wir halten uns an den Plan. Das Portal hat uns hergebracht; es wird uns auch wieder nach Hause bringen."

*****

Gut 300 Kilometer tiefer auf der Erde lief Jojakim in einem prächtigen Palast nervös umher und haderte mit seinem Schicksal. Er hatte beim Würfeln verloren. Das bedeutete, dass ihm die Aufgabe zugefallen war, dem König die Nachricht zu überbringen. Eine Nachricht, die seine Majestät sicher nicht erfreuen würde. Jojakim schauderte, als er sich ausmalte, was ihm bevorstehen könnte. Was war von einem Monarchen zu erwarten, der sogar seine eigenen Söhne zum Tode verurteilen ließ?

Fieberhaft legte er sich die Worte zurecht und versuchte, seine Botschaft in die bestmögliche – also für ihn ungefährlichste – Form zu bringen, als sich schon die Türen zum Thronsaal öffneten. Er trat ein und verbeugte sich tief.

„Was gibt es?", fragte König Herodes statt einer Begrüßung. Er klang gelangweilt.

„Herr, soeben ist eine Reisegruppe aus Persien eingetroffen. Merkwürdige Leute. Sternkundige." Jojakim hielt kurz inne, besann sich. „Zauberer", fügte er dann hinzu. „Sie haben Gerüchte von einem neugeborenen König gehört und wollen ihm ihre Aufwartung machen."

„Nun, das ist …“, der Monarch zögerte, „… interessant. Fremde Zauberer macht man sich besser nicht zu Feinden. Lass sie eintreten.“

Die Perser betraten den Saal, verbeugten sich höflich und warteten darauf, dass Herodes das Wort an sie richtete.

„Mir wurde gesagt, ihr sucht nach einem neugeborenen König?“

„So ist es, Majestät. Vor einigen Wochen ist ein neuer Stern am Himmel erschienen. Er weist auf die Geburt eines großen Herrschers in Eurem Land hin. Jüdische Schriftgelehrte haben uns bestätigt, dass schon vor Jahrhunderten das Kommen eines göttlichen Königs geweissagt wurde und Euer Volk seitdem sehnsüchtig auf die Erfüllung dieser Prophezeiung wartet. Darum stehen wir nun vor Euch, um an Eurer Freude teilzuhaben und den Frieden zwischen unseren Ländern zu festigen.“

„Leider muss ich euch enttäuschen. Eure weite Reise war umsonst. An meinem Hof ist schon lange kein Kind mehr zur Welt gekommen.“ Der König strich sich über seinen grauweißen Bart.

„Aber die Zeichen – wir sind ganz sicher …“ Die Reisenden murmelten miteinander. „Könnte die Geburt vielleicht an einem anderen Ort geschehen sein?“

Herodes’ Mine verdüsterte sich. „Das wüsste ich auch gern. Ein Nachfolger für meinen Thron, womöglich noch als Erfüllung alter Prophezeiungen – wenn ihr ihn finden solltet, dann gebt mir umgehend Nachricht, damit ich ihn angemessen begrüßen kann.“

Er dachte einen Augenblick nach, dann fügte er hinzu: „Ich werde meine eigenen Schriftgelehrten befragen. Sicher können sie uns zuverlässige Auskunft geben. Ihr seid so lange meine Gäste."

Den Reisenden entging nicht, dass dies keine freundliche Bitte war.

*****

„Und wenn es diesmal funktioniert?"

Ich zucke zusammen, habe den Projektleiter nicht kommen hören. Wie ein Fels steht der große massige Mann jetzt zwischen den Pilotensesseln. Mit vorwurfsvoller Miene fährt er fort: „Was wollen Sie tun, wenn das Portal uns diesmal wie vorgesehen zwei Lichtjahre weit in den Weltraum schickt? Von dort gibt es keinen Weg zurück für uns."

„Wir haben keine andere Wahl", antwortet der Käpt'n ruhig. „Ob wir nun im Raum oder in der Zeit festsitzen, läuft auf dasselbe hinaus – aber so haben wir wenigstens eine Chance."

Er erhebt sich aus seinem Sessel. Unbeirrt erwidert er den stechenden Blick des Projektleiters. Die Männer schweigen sich an.

Plötzlich durchfährt ein gewaltiger Stoß das Schiff. Uns wird der Boden unter den Füßen weggerissen. Ich stürze und schlage mit dem Kopf gegen einen Sitz.

„Was zum T..."

„Ein Meteorit", sagt der Steuermann. Er hebt entschuldigend die Hände. „Das Clear-Projekt ist noch nicht erfunden. Die Dinger fliegen hier völlig ungeregelt durch den Raum."

„Druckabfall!", meldet der Bordtechniker. „Ein Triebwerk ist beschädigt." Seine Hände gleiten in rasender Geschwindigkeit über die Konsole, auf der es an mehreren Stellen rot blinkt.

„Den Druckabfall habe ich im Griff. Die hinteren Schotts sind jetzt unten. Aber das Triebwerk scheint hinüber zu sein."

„Wir müssen das Portal aufbauen und zurückfliegen, solange wir noch können!", sagt der Käpt'n. „Lässt sich der Laderaum noch öffnen, um es abzusetzen?"

Der Bordtechniker beugt sich über sein Terminal.

„Das würde uns nichts nützen", wendet der Projektleiter ein. „Für den Sprung müssen wir die Mindestgeschwindigkeit erreichen. Dazu brauchen wir volle Antriebsleistung."

Der Systemtechniker stöhnt auf.

„Können wir denn nicht einfach landen?", frage ich. „Irgendwo in der Wüste vielleicht – Platz ist doch genug da unten!"

„Die Kingstar ist nicht für Landungen auf einem Planeten ausgelegt", sagt der Käpt'n. Seine Stimme klingt sanft, als spräche er zu einem Kind oder zu einem Selbstmörder, der sprungbereit auf einem Dach steht. „Wir können nur in Raumhäfen andocken. Das Schiff würde in der Atmosphäre verglühen."

„Aber das wird nicht passieren!", sage ich fröhlich. Die Männer schauen mich verwundert an. „Sonst müsste es doch in irgendeinem Geschichtsbuch stehen! Richtig?" Keine Reaktion. „Das würde es doch, oder?", hake ich nach.

„Im Prinzip hat sie recht", pflichtet mir der Systemtechniker bei. „Die Astrologie ist in diesem Zeitalter eine angesehene Wissenschaft. Es gibt Hunderte von Keilschrifttafeln, auf denen Himmelsbeobachtungen aufgezeichnet sind. Und mir ist kein Bericht bekannt, der auf eine Raumschiffsichtung hinweist. Außerdem ..."

„Wir verlieren an Höhe", unterbricht ihn der Steuermann. „Unsere Schubkraft lässt nach."

Der Bordtechniker vertieft sich in seine Instrumente. „Anscheinend ein Leck im Energiesystem. Der Meteorit hat mehr Schaden angerichtet als gedacht. Aber um Genaueres zu sagen, müsste ich nach draußen."

„Sparen Sie sich die Mühe", sagt der Käpt'n. „Selbst wenn es Ihnen gelingen sollte, das Leck abzudichten – Sie haben es ja gehört. Wir haben keine Möglichkeit, die Geschwindigkeit zu erreichen, die wir brauchen, um durch das Portal zu fliegen. Es gibt nichts, das wir noch tun können. Meine Instruktionen für diesen Fall sind eindeutig: Unbedingt verhindern, dass die Technologie in falsche Hände gerät. Dieses Schiff muss zerstört werden. Es tut mir leid."

Betroffenes Schweigen, doch niemand protestiert. Ich bin wie gelähmt. Er sieht jedem von uns tief in die Augen, dann setzt er sich auf den Kommandosessel und ruft die Selbstzerstörungssequenz auf. Er gibt ein ellenlanges Passwort ein, sein Handabdruck wird gescannt. Feierliche Stimmung herrscht an Bord – plötzlich blinkt eine Fehlermeldung: *Selbstzerstörungsanlage defekt.*

Ich lasse unwillkürlich meinen angehaltenen Atem ausströmen.

Ist das nun Glück oder Pech?

Unser Opfer zum Wohle der Menschheit – es wird leider ausfallen. Doch was ist die Alternative? Endloses Kreisen im Orbit, bis 2100 Jahre später vielleicht ein Bergungsteam unser

Schiff findet und darin unsere zu Staub zerfallenen Skelette? Furchtbarer Gedanke.

*****

„Also Bethlehem", sagte Melkan, der Anführer der kleinen Reisegruppe aus Persien. „Es geschieht selten, dass Schriftgelehrte sich so schnell einig werden."

„Fünf Tage nennst du schnell?", warf Baltassar mürrisch ein.

Melkan ignorierte den Einwand. Er zog ein Stück Pergament aus der Tasche und warf einen nachdenklichen Blick auf die Landkarte, die daraufgemalt war. „Zum Glück ist es nicht weit dorthin. Vielleicht zwei Stunden."

„Aber wie sollen wir das Königskind finden? Einen Palast gibt es dort nicht, wurde uns gesagt."

„Hab Vertrauen. Der Gott der Sterne hat uns bis hierhergeführt, er wird uns auch das Ziel unserer Reise weisen."

„Und warum hat er uns dann den neuen Stern wieder genommen? Er ist schon seit Tagen verschwunden."

„Ich weiß es nicht. Aber so kurz vor dem Ziel werde ich nicht aufgeben."

*****

Wir haben noch eine winzige Chance. Der Bordtechniker hat es berechnet. Wenn wir den Eintrittswinkel flach genug halten und die Teile des Portals als provisorischen Fallschirm hinter uns herziehen – wenn wir unsere Raumanzüge tragen und deren Kühlaggregate mit der Hitze fertig werden – wenn die Restleistung unserer Triebwerke ausreicht, um die Sturzgeschwindigkeit abzufangen – wenn die Kingstar bei der ganzen Aktion nicht auseinanderbricht und die Wucht des Aufpralls vom Wüstensand absorbiert wird – dann könnten wir diese Mission möglicherweise überleben. Eine Wahrscheinlichkeit von eins zu einer Million. Aber immerhin.

Wir blicken uns an, nicken uns zu in stummer Absprache. Einige senken den Kopf zum Gebet. Der Steuermann leitet den Kurs ein; schon bald werden wir direkt über dem Nahen Osten in einer schönen Kurve brennend vom Himmel fallen. Schade, dass ich es nicht sehen kann, das letzte, majestätische Aufleuchten der „Kingstar". Niemand wird es sehen. Was für eine Verschwendung.

*****

„Das war's. Wir sind durch Bethlehem durch." Baltassar klang unwillig. „Ab hier kommen nur noch Felder. Was machen wir denn jetzt? Wir haben dieses kleine Kaff bereits zweimal in allen Richtungen durchquert. Keine Spur von einem König. Und es wird schon dunkel."

„Sieh nur!" Melkan zeigte aufgeregt zum Himmel. „Als fiele ein Stern zur Erde."

Staunend beobachteten sie die Leuchterscheinung. Ein Feuerball zog seine Bahn vom Himmel herab, dann war es, als hielte er inne, leuchtete ein letztes Mal grell auf und verschwand.

„Er weist uns den Weg!" Melkan schrie es fast, lief der Erscheinung hinterher, lief so schnell er konnte und stand schließlich keuchend auf der Kuppe eines kleinen Hügels. Aufgeregt deutete er voraus: „Seht doch, in dieser Richtung gibt es nur dieses eine Haus! Dort muss es sein!“

Mit neuer Energie setzten die Männer sich in Bewegung – doch als sie näher kamen, machte sich Ernüchterung breit. Das, was da vor ihnen stand, war eher eine armselige Hütte als ein Haus; nur ein Wetterschutz für Hirten. Es sah nicht danach aus, als könne hier ein Kind zur Welt kommen, geschweige denn ein König. Die Reisenden sahen sich verunsichert an. Schließlich öffnete Melkan die Tür.

Ein flackerndes Öllicht erhellte den kleinen Raum. Ein Mann stand auf und trat ihnen entgegen.

„Shalom!“, grüßte er sie freundlich. „Was führt euch zu uns?“

„Wir suchen einen neugeborenen König“, murmelte Melkan und starrte irritiert den Säugling an, der auf einem notdürftigen Heulager in einem Futtertrog lag. Daneben saß eine junge Frau, die die Besucher aufmerksam betrachtete.

„Wir haben seinen Stern gesehen.“

Die Weihnachtskellnerin

Albrecht Gralle

Glauben Sie mir, es ist schwierig, heutzutage auf gute Kellner oder Kellnerinnen zu treffen. Ich will gar nicht das Wort begnadet in den Mund nehmen. Das kann man sowieso vergessen. Die meisten in diesem Beruf, der meiner Meinung nach zu den schönsten Berufen überhaupt gehört, scheinen überarbeitet und gereizt zu sein, weil sie zu viele Tische bedienen müssen. Gut, ich kann es ein bisschen verstehen, wenn man sich deswegen dem einzelnen Gast nicht mehr widmen kann; obwohl ein guter Kellner das eigentlich können müsste.

Zum Beispiel neulich. Ich betrete Mitte Dezember ein fast voll besetztes Restaurant und bekomme nebenbei mit, dass die Belegschaft einer Zahnarztpraxis ihre Weihnachtsfeier abhält. Ein langer Tisch, an dem ungefähr ein Dutzend Leute sitzen, die sich lebhaft über Zähne unterhalten.

Ich sehe, wie eine Bedienung mit starrem Blick und mit fünf Tellern beladen an meinem Platz vorbeirauscht. Eine halbe Stunde sitze ich schon unbeachtet herum und habe zweimal die Hand gehoben und zaghaft „Bedienung!“ gerufen, man will ja nicht durch den ganzen Raum brüllen.

Also, die voll beladene, starr geradeaus blickende, aber durchaus angenehme Erscheinung rauscht an mir vorbei, und ich sage in betont lässigem Tonfall: „Haben Sie noch was für mich übrig?"

Sie wirft mir einen stechenden Blick zu, verdreht die Augen nach oben und eilt weiter. Immerhin kommt sie nach fünf Minuten mit leicht verkniffenem Mund an meinen Tisch. Fünf Minuten können sehr lang sein, wenn man wartet. Dabei sollte meine Bemerkung fröhlich und heiter klingen.

Ich hätte mich zum Beispiel gefreut, wenn sie mit einem strahlenden Lächeln kurz die fünf Teller am Nachbartisch abgesetzt, mir zugezwinkert und gesagt hätte: „Ja, ich hab sehr viel für Sie übrig, mein Herr, hier ist die Speisekarte."

Ich meine, das ist doch nicht zu viel verlangt, oder?

Aber klar, wenn man zwölf Leute zu bedienen hat, die alle gleichzeitig ihr Essen wollen und womöglich noch drei uneheliche Kinder versorgen muss und als Krankenschwester im Nachtdienst arbeitet, ist die Souveränität im Beruf einfach weg.

Aber: Warum soll ich unter ihrem verkniffenen Mund leiden, nur weil ich gesagt habe: „Haben Sie noch was für mich übrig?" Das war doch lustig und entspannend gemeint!

Ich frage mich ganz ehrlich: Gibt es ihn überhaupt noch, diesen göttlichen Kellner oder die begnadete Kellnerin, die innerhalb einer Sekunde neben meinem Tisch steht, weil mir gerade die Gabel hinuntergefallen ist, und mir eine neue gibt, auch wenn am Nachbartisch die Zahnarztpraxis ihre Weihnachtsfeier abhält?

Und wenn wir schon bei Weihnachten sind, will ich nur mal so einwerfen, dass selbst Jesus sich nicht zu schade war, unter einfachen Leuten zu leben und sie zu bedienen. Erstens wurde er im Stall geboren, also unterstes Niveau im Bereich Kinderzimmer, zweitens hat er seinen Freunden sogar noch die Füße gewaschen und drittens nach seiner Auferstehung am Strand Fische für sie gegrillt. Ganz zu schwiegen von den vielen Krankenheilungen.

Davon sind die heutigen Kellner meilenweit entfernt. Gut, das mit dem Füßewaschen verlange ich ja gar nicht von einer Kellnerin, obwohl es schön wäre.

Aber gerade um die Weihnachtszeit, wenn man auf Menschenfreundlichkeit gestimmt ist, auf das Wunder der Erscheinung Gottes auf dieser Erde, hätte man als christliche Kellnerin die einmalige Chance, Menschen, die normalerweise Gott ausblenden, mit ein paar netten Gesten zu verzaubern und sie für das Reich Gottes zu gewinnen.

Auch beim Thema Gedächtnis befinden sich die Bedienungen ja heute auf dem absoluten Tiefststand. Mein Urgroßvater Eduard, der lange Jahre vor dem Ersten Weltkrieg in Bad Ischl gelebt hat, erzählte mir, dass er einmal mit fünf Männern folgende Bestellung aufgegeben hätte: „Ein Pils, zwei Kaffee, einen mit Sahne, einen mit Milch, einen Tee mit Zitrone, zwei Gläser Orangensaft, einen Palatschinken ohne Schinken, ein Wiener Schnitzel, zwei Apfelstrudel, einen mit Vanillesauce, die aber lauwarm sein sollte, und einen mit Vanilleeis, eine Packung Zigaretten, und zwar amerikanische, und ein Glas trockenen Rotwein, Jahrgang 1909."

Der Kellner stand lächelnd da, hat sich alles angehört und kam zehn Minuten später mit den Bestellungen zurück – und es stimmte alles. Alles!

Heutzutage schreibt die Bedienung die Bestellungen auf und lächelt nicht mal, oder sie tippt sie in irgendwelche Geräte hinein. Und selbst dann dauert es Stunden, bis die Speisen an den Tisch kommen. Das Eis ist inzwischen geschmolzen, der Rotwein ist nicht mehr trocken, der Kaffee lauwarm und die Vanillesauce eiskalt.

Aber gehen Sie mal ins Chinarestaurant, dort sind die Leute noch auf Zack. Der Asiate wird Ihnen auch dann noch zulächeln, wenn Sie Ihre Zigarette, die Sie eigentlich im Lokal gar nicht rauchen dürfen, auf seinem Handrücken ausdrücken.

Das ist beschämend. Ein Mensch aus einem anderen Kulturkreis, womöglich ein Heide, lebt es uns vor, wie man Menschen bedient. Dabei bedeutet ihm Weihnachten gar nichts.

Inzwischen bin ich übrigens von der verkniffenen Kellnerin, die im Grunde eine gut aussehende Frau ist, bedient worden, nachdem der Zahnarzttisch versorgt war. Jetzt erst merke ich, dass im Hintergrund des Lokals leise weihnachtliche Musik spielt. Ich meine, das Lied *Alle Jahre wieder* herauszuhören, und in einer Ecke habe ich einen Weihnachtsbaum entdeckt, der unauffällig genadelt hat und dessen elektrische Kerzen nur zur Hälfte brennen.

Für mich ein eindeutiges Zeichen, dass hier etwas nicht stimmen kann, wenn man Weihnachtssymbole so vernachlässigt. Ich fühle mich verpflichtet, etwas Weihnachtliches beizutragen, um den Geist der Weihnacht in diesem Lokal wieder aufleben zu lassen und die Kellnerin aufzuheitern.

Übrigens hat die Kellnerin, ich nenne sie im Geheimen *die Weihnachtskellnerin*, sogar ein paar Worte über das Übliche hinaus mit mir geredet, nachdem ich einen Gesprächsanstoß gegeben habe: „Ganz schön hektisch, diese Weihnachtsfeiern, was?“, sage ich so nebenbei.

„Ja, das können Sie laut sagen“, seufzt sie. „Was kann ich Ihnen bringen?“

„Ach, ich möchte nur eine Kleinigkeit essen, etwas Leichtes ...“ Ich überlege, fieberhaft, was ich sagen könnte, um sie aufzuheitern. „Bringen Sie mir am besten eine luftige, duftige Eierspeise, ein Omelette, mit Liebe zubereitet. Wir feiern ja bald Weihnachten!“

Sie starrt mich leicht verwirrt an und entfernt sich. Auf diese Weise, so sage ich mir, kann ich ihren eintönigen Alltag vielleicht interessant gestalten. Und sie weiß jetzt, dass Weihnachten ein Fest ist, das leicht und luftig ist, weil Gott ja zu uns gekommen ist.

Zwanzig Minuten später kommt sie zurück mit einem großen Teller, auf dem ein eingeschlagenes Omelett liegt. Wahrscheinlich befindet sich im Inneren eine einfallsreiche Gemüsekomposition, denke ich.

Sie bleibt neben mir stehen und wartet.

Ich probiere und stelle fest: Es ist das nackte Omelett, und es schmeckt scheußlich.

„Ich habe Ihnen das Omelett mit Lavendelduft eingesprüht“, sagt sie. „Sie wollten ja etwas Leichtes, Duftiges ...“

Ich starre sie an. Mein gutgemeinter Vorstoß, dass es auch bei ihr Weihnachten werden kann, ist brutal abgewiesen worden. Ja, man macht sich in diesem Lokal womöglich über mich lustig. Wahrscheinlich biegt sich das Küchenpersonal vor Lachen. Aber so schnell gebe ich nicht auf.

Ich nehme noch einen Bissen, schließe die Augen und sage:

„Das ist das interessanteste Omelette, das ich jemals gegessen habe." Man will ja auch nicht direkt lügen. „Ich wünsche Ihnen frohe Weihnachten, und denken Sie daran: Als Kellnerin üben Sie einen Beruf aus, der eine göttliche Bestimmung hat. Durch Ihren Dienst sind Sie Teil des größten Wunders, das es je gab: dass Gott Mensch wurde und uns bediente."

Konzentriert wende ich mich dem Omelett zu und lasse Laute des Wohlbehagens verströmen, während ich gleichzeitig mit einem Würgereiz kämpfe.

Nirgends ist uns verheißen, dass Christsein im Alltag immer einfach ist. Man muss Opfer bringen. Die Kellnerin verschwindet mit einem ratlosen Ausdruck im Gesicht.

Ich habe mir vorgenommen, mich bei einer Kellner-Ausbildungsstätte als Dozent zu bewerben. Denn so kann es ja nicht weitergehen. Das ist der Anfang des Untergangs einer Kultur, die durch ihre Eleganz im Kleinen überzeugt hat.

Ich würde mich bei so einer Kellnerausbildung gleich am ersten Tag hinstellen, natürlich im tadellos gebügelten Anzug, und den Damen und Herren zurufen:

„Sie sind Könige und Königinnen! Wissen Sie das eigentlich?"

Die Berufsschüler würden mich wahrscheinlich mit großen Augen anstarren, und ich würde weiterreden in meinem tadellos gebügelten Anzug:

„Ja, Sie haben richtig gehört! Sie sind Könige und Königinnen, denn wir als Restaurantgäste sind vollkommen von Ihnen abhängig. Wir hungern nach einem Lächeln von Ihnen, wir freuen uns, wenn Sie nach unseren Wünschen fragen und so tun, als würde es Sie persönlich interessieren.

Wissen Sie denn nicht, dass Sie die Szene beherrschen? Sicher, wir geben Ihnen Geld. Aber was ist schon Geld? Ein bisschen Metall, ein bisschen bedrucktes Papier.

Sie sind Könige und Königinnen. Sie sind die wahren Diener Gottes. Gerade jetzt zur Weihnachtszeit könnten Sie die Herzen der Menschen gewinnen und eine Tür aufstoßen in den Raum eines Wunders, das sich nie verbraucht: Gott kommt zu uns. Und Sie können sich in diese Bewegung eingliedern!

Merken Sie denn nicht, dass wir Ihnen berauscht zuschauen, wenn Sie elegant von Tisch zu Tisch eilen und dabei riesige Teller auf Ihren Händen balancieren, wie Sie *heiter Raum um Raum durchschreiten, an keinem wie an einer Heimat hängen*? Sie sind Gottesboten, Engel, die zu uns herantreten und unser verpfuschtes Leben durch ein paar wunderbare Speisen wieder aufbauen.

Ja, Sie sind eine Art Weihnachtsengel. Nicht diese kitschige Version mit Pappflügeln und Engelshaar. Nein! Engel, die durch ihren hingebungsvollen Dienst auffallen und die Menschen vorbereiten auf ein Fest, das die Liebe Gottes in den Vordergrund rückt."

Ungefähr so in der Art würde ich meinen Unterricht in der Berufsschule beginnen, eine Art Bewusstseinserweiterung.

Aber bisher hat man mich noch nicht gefragt, dort zu unterrichten. Vermutlich bin ich überqualifiziert.

Nikolausig kalt

Fabian Vogt

Ein eisiger Windhauch ließ mich zusammenfahren. Es roch nach Schnee, und meine Tochter schaute mich ziemlich gehetzt an: „Du, Papa, ich muss wieder rein, damit die Kinder nichts merken. Am besten stellst du dich hinter die Tanne hier. Warte mal ... oh, das ist blöd ..."

Sie drückte mich energisch nach hinten. „Ja, du musst dich eng an den Zaun lehnen, sonst guckt dein Bauch raus."

Ich seufzte. „Sag mal, Charlotte, was denkst du, wie lange ich hier im Garten rumhängen muss? In der Kälte? Ich meine: Es sind minus drei Grad. Und es zieht wie Hechtsuppe. Außerdem kann man ja unter diesem dämlichen Nikolauskostüm leider keine Winterjacke anziehen. Soll ich dir was sagen: Meine Zehen sind jetzt schon schockgefrostet."

Meine Tochter schaute auf die Uhr. „Es ist fünf vor sechs. Und es fehlen nur noch zwei Freunde von Tobi. Die müssten aber jeden Moment hier sein. Sobald alle im Wohnzimmer sitzen, gebe ich dir das vereinbarte Zeichen. Und dann kommst du mit einem kräftigen Ho-Ho-Ho durch den Garten zur Terrassentür gestapft."

Ich rollte mit den Augen. „Wie soll ich denn dein Zeichen sehen, wenn ich mich hinter diesen Baum quetschen muss?"

Charlotte schüttelte sich: „Du hast recht: Es ist echt ganz schön kalt hier draußen. Pass auf, wenn es so weit ist, gehe ich hoch in den ersten Stock, öffne das Fenster im Bad und ahme den Ruf eines Käuzchens nach. So ..." Sie legte die Hände an den Mund und gab ein Geräusch von sich, das nach einer asthmatischen Seekuh klang, die ziemlich bald verenden würde.

Ich unterdrückte ein Lachen. „Ist gut. Das werde ich vermutlich erkennen. Und jetzt sag mir bitte noch mal: Warum muss ich bei diesem Mistwetter durch euren vermatschten Garten hüpfen? Obwohl ihr eine Eingangstür habt? Wäre die nicht deutlich einladender für den Überbringer der Nikolausgeschenke?"

Meine Tochter legte die Arme um ihren Oberkörper, um sich zu wärmen: „Tobi hat mich halt neulich gefragt, wie der Nikolaus zu uns kommt. Und da habe ich ihm ... dummerweise erzählt, dass der Nikolaus mit seinem Schlitten direkt dahinten auf dem Feldweg landet. Ja, das war blöd improvisiert ... aber jetzt hat er all seinen Kumpels aus dem Kindergarten erzählt, dass es bei uns ein großes Nikolausfest gibt, bei dem der Nikolaus quasi wie ein Superheld auf geheimnisvolle Weise in unserem Garten auftaucht."

Sie gab mir einen Kuss auf die Wange. „Toll, dass du ihm als sein Opa diesen Wunsch erfüllst und den Nikolaus für ihn spielst. Das wird er bestimmt sein ganzes Leben nicht vergessen. Und dich bringt es nach dem Tod von Mama auch mal auf andere Gedanken."

Nein, diesen Abend werde ich auch nicht vergessen, dachte

ich, als meine Tochter davonlief. Und fing direkt an zu zittern. Es war so dermaßen frisch hier im Freien. Außerdem bestand der blickdichte Zaun zum Nachbargrundstück aus Metall, sodass ich mich genauso gut gegen ein Iglu hätte lehnen können. Grauenhaft.

Langsam kroch die Kälte unter meine Kleider und fraß sich in meine Haut. Ich versuchte vorsichtig, meine Arme warmzureiben, aber ich wollte natürlich auch nicht, dass mich die Kinder durch die Terrassentür entdeckten.

Jetzt fing es zudem unter dem Polyester-Kostüm schrecklich an zu jucken. Oder waren das möglicherweise Zecken? Nein, für Zecken war es eigentlich zu kalt. Aber schon, weil ich das Wort „Zecken" gedacht hatte, fühlte es sich plötzlich an, als ob überall an mir irgendwelche Insekten entlangliefen. Ah ...

Da: War das der Ruf eines Käuzchens? Nein. Leider nur ein fernes Quietschen von Bremsen. Ich versuchte meine Hände zu wärmen, indem ich mehrfach hineinpustete. Dann schaute ich auf die Uhr. Ich stand schon acht Minuten hier. So ein Müll. Bei aller Liebe zu meinem Enkel, aber wenn ich die nächsten vier Wochen wegen einer Blasenentzündung im Bett verbringen muss ...

„Papa!"

Ich zuckte erschrocken zusammen. Weil ich vor lauter Pusten nicht gehört hatte, dass sich meine Tochter genähert hatte.

„Ja, was ist denn?"

„Jonas, der beste Freund von Tobi, steht im Stau. Also: mit seiner Mutter. Die hat gerade angerufen. Es dauert höchstens noch eine Viertelstunde."

„Was? Charlotte, echt ... ich kann nicht ... ich bin jetzt schon ganz ... verstehst du? Das geht einfach ...“

„Papa, bitte. Du schaffst das. Tobi ist total hibbelig. Wenn du sehen könntest, wie sich die Jungs vor lauter Aufregung die Nasen an der Terrassentür plattdrücken, weil sie so gespannt sind. Du machst ihnen eine Riesenfreude. Sei ein braver Nikolaus. Also, bis gleich.“

„Charlotte ...“

Weg war sie.

Es gibt Leute, die behaupten, die Hölle wäre heiß. Ich halte das inzwischen für eine Lüge. Nichts ist quälender und grausamer, als wenn man fast gefroren in einem Garten steht und nicht wegkann. Da braucht es nicht mal einen Teufel dafür.

Fünfzehn Minuten. Das kann sich anfühlen wie die Ewigkeit. Ach was, noch viel länger.

In diesem Moment wurde mir klar, dass ich meine Zehen nicht mehr spüren konnte. Um wenigstens meine Hände zu retten, fing ich wieder an, sie verzweifelt zu beatmen – und bei jedem Ausatmen kam ein trauriges, trockenes Röcheln aus meiner Kehle.

Einatmen – pusten – einatmen – pusten.

„Ist da jemand?“

Eine leicht gequetschte Stimme drang durch den Zaun.

Ich schwieg, weil ich wusste, dass die Kinder an der Terrassentür den Garten genau beobachteten.

„Da ist doch jemand. Ich habe gehört, wie Sie atmen. Was machen Sie im Garten unserer Nachbarn?“

Ich flüsterte: „Psst! Seien Sie doch leise.“

Doch die Frau wurde immer lauter: „Ich denke nicht daran.

Ich kann Sie zwar nicht sehen, aber hören. Los, gehen Sie zum hinteren Ausgang des Gartens, damit ich weiß, wer Sie sind."

„Nein, das geht nicht."

„Ich zähle jetzt bis zehn. Dann verschwinden Sie da. Verstanden?

„Nein! Ich bin der Nikolaus."

„Was? Na, verarschen kann ich mich selber. Sie werden sich noch wundern."

Ich hörte, wie sich auf dem Nachbargrundstück energische Schritte entfernten. Ganz toll. Vermutlich würde die Frau jetzt ihr Schrotgewehr holen und mich durch den Zaun erledigen. Super Schlagzeile: Nikolaus hinter Tanne hingerichtet. Schrecklicher Irrtum. Vielleicht hätte ich ihr einen Schokoriegel zuwerfen sollen.

„Papa!"

Ah. Ich schrak zusammen, als meine Tochter überraschend wieder neben mir stand. „Charlotte, hast du deine Nachbarin über unsere Aktion informiert? Sie hat mich entdeckt."

Meine Tochter machte eine wegwerfende Handbewegung. „Ach, die regt sich immer künstlich auf. Ich hab den Kindern gesagt, dass ich gucke, wo du bleibst, aber ein paar Minuten dauert es noch. Jonas ist jetzt da, dafür hat Felix gemerkt, dass er sein Laserschwert vergessen hat, und ist noch mal kurz nach Hause. Der wohnt aber um die Ecke."

Ich konnte inzwischen kaum noch sprechen, so bibberten meine Lippen: „Wab ... ein Läberschwert ... ib hole mir hier den Tod ... und du läbst ihn noch mal web ..."

Charlotte nickte: „Kinderseelen sind sehr empfindlich. Sieh mal: Wenn Felix sein Laserschwert nicht hat, dann kann er den Besuch vom Nikolaus nicht genießen. Und er tut sich ohnehin mit vielem so schwer. Seine Eltern haben sich vor kurzem getrennt." Sie nickte mir aufmunternd zu. „Jetzt stell dich mal nicht so an. Und sei nicht zu streng als Nikolaus."

Kaum war sie wieder weg, stiegen in mir seltsame Bilder auf. Ich sah vor meinem inneren Auge, wie nach und nach meine Gliedmaßen einfach abbrachen, weil sie gefroren waren. Erst der eine Arm, dann der andere. Stück für Stück.

Ich bemühte mich, als Rettungsmaßnahme intensiv auf der Stelle zu treten, aber meine Füße gehorchten mir nicht mehr richtig. Vermutlich würde das mein Ende werden. Sie würden mich finden ... tiefgekühlt ... in einem billigen Nikolaus-Kostüm aus Plastik und mit dreckigen Stiefeln.

Die Minuten verstrichen. Und als meine Zähne immer heftiger aufeinanderschlugen, raunte etwas in mir: „Lass dich jetzt einfach auf den Boden sinken. Klammere dich nicht mehr ans Leben. Es ist vorbei." Daraufhin breitete sich ein tiefer Frieden in mir aus.

In dem Moment, in dem ich endgültig aufgeben wollte, hörte ich die Seekuh. Also den Ruf des Käuzchens.

Fast reflexartig taumelte ich hinter dem Baum hervor und schwankte Richtung Terrasse.

Da ertönte ein schneidender Ruf: „Stehenbleiben! Polizei!"

Durch das Gartentor kamen zwei Beamte, eine Frau und ein Mann, mit gezückten Dienstwaffen im Anschlag auf mich zu. „Ganz ruhig!"

Parallel dazu sprang die Terrassentür auf, und eine Horde kleiner Kinder rannte auf den Rasen – Tobi vorneweg, der lauthals rief: „Nikolaus! Nikolaus! Endlich, da bist du ja! Aber warum hast du die Polizei mitgebracht?"

Ich wollte antworten, doch vor lauter Kälte versagte mir die Stimme.

Einen Augenblick schien auch die Zeit wie gefroren.

Dann trat die Polizistin einen Schritt nach vorne, schaute mich fragend an – und sagte zu den Kindern: „Eure Nachbarin hat sich Sorgen gemacht ... äh ... dass der ... genau ... dass der Nikolaus nicht rechtzeitig zu euch kommt ... ihr wisst schon ... äh ... wegen der vielen Staus ... und da haben wir ihn ... äh ... mit einer Polizei-Eskorte hierherbegleitet."

Alle zogen wir Richtung Haus – und die Bespaßung der Kinder konnte beginnen.

Eine Stunde später lag ich mit zwei Wärmflaschen auf der Couch meiner Tochter. Immer noch bibbernd, aber ohne mein Kostüm, das ich nach meinem Auftritt direkt in die Mülltonne entsorgt hatte. Dafür ziemlich glücklich.

Die Kinder hatten mit großen Augen zugehört, als ich ihnen erzählt hatte, dass der Nikolaus den Menschen schon immer gerne geholfen hat. Dass es ihm wichtig ist, dass alle glücklich werden können ... und dass sie erfahren, dass Gott sie liebt. Weil diese Liebe noch viel bedeutender ist als alle Schokolade der Welt.

Und jetzt schaute ich zum zehnten Mal auf die Visitenkarte, die mir die Polizistin in die Hand gedrückt hatte, als sie später nach meinem Namen gefragt hatte: „Rüdiger? ... bist du der Rüdiger, der damals mit mir in der Tanzschule war? Ich bin die Sabine. Erinnerst du dich nicht?"

Und wie ich mich erinnerte. Natürlich. Sabine. Sie grinste: „Damals hast du dich ja nicht getraut, mich mal auszuführen. Na, vielleicht wagst du es ja jetzt."

Doch während ich noch überlegte, ob ich es wirklich wagen sollte, sprang Tobi auf meinen Schoß. „Sag mal, Opa, vorhin war ja der Nikolaus da. Echt cool. Nur eins verstehe ich nicht: Der hat doch einen fliegenden Schlitten. Wieso braucht der im Stau eine Polizei-Eskorte?"

Ein Zipfel Hoffnung

Christian Döring

Tobias hatte die Nase echt gestrichen voll. Fast die gesamte Woche über hatte es Bindfäden geregnet. Und jetzt, in der letzten Schulstunde der Woche, hatte er doch noch seinen Mathetest zurückbekommen. Dabei stand auf dem Vertretungsplan, dass Mathelehrer Warnke krank sei.

So saß Tobias nun in der S-Bahn, schaute durch die verregnete Scheibe und sah Bahnanlagen an sich vorbeirauschen. Wo sollte da wohl adventliche Stimmung aufkommen? Oma zündete nachmittags in der Adventszeit Kerzen in ihrem Wohnzimmer an, und irgendwie roch es bei ihr in der Wohnung auch tatsächlich in den vier Adventswochen immer nach Advent.

In seinem Kinderzimmer roch es immer gleich. Wenn Vater abends bei ihm reinschaute, um Gute Nacht zu sagen, fragte er nach den neuesten Zensuren und gab ihm einen Gute-Nacht-Kuss. Wenn Mutter kurze Zeit später kam, um das Licht zu löschen, sangen sie gemeinsam ein Adventslied. Tobi überlegte, ob er dazu in der vierten Klasse nicht eigentlich schon viel zu groß war.

Endlich hatte er die beiden Stationen mit der S-Bahn geschafft. Zehlendorf war seine Heimat. Da gehörte er hin. Jedes Haus und jeden Stein kannte er hier. Aber heute hatte er dafür keinen Blick übrig. Jetzt schnell durch das Nieselwetter nach Hause. Wie sollte er Vater die Fünf im Mathetest erklären? Dabei hatte er doch am Abend zuvor sogar noch ein wenig geübt.

Vielleicht wäre es viel besser, nicht direkt nach Hause zu gehen, sondern zuerst Oma zu besuchen. Sie wohnte nur zwei Querstraßen von ihnen entfernt. Tobias nahm sein Handy und fragte per SMS: „Du, Oma, kann ich ein wenig zu dir kommen?“ Gespannt wartete er, und wenige Sekunden später hatte seine Oma ihm zurückgeschrieben: „Aber natürlich Tobi, komm ruhig, ich hab sogar noch etwas von deinem geliebten Linseneintopf übrig!“

Obwohl es heute um 15 Uhr schon beinah dunkel wurde und der Regen sich noch verstärkte, hellte sich Tobis Stimmung jetzt spürbar auf. Seine Oma konnte so herrlich von früher erzählen. Sie war nicht eine von denen, die immer erzählten, früher sei alles besser gewesen. Von Krieg und Hunger hatte sie Tobias sogar schon erzählt. Er konnte beinahe nicht glauben, dass seine Oma inmitten von zerstörten Häusern in Berlin umhergeirrt war und nichts zu essen gehabt hatte. Bei Oma klangen alle Geschichten, ganz egal, wie schlimm sie auch waren, hoffnungsvoll. Oma wusste immer Rat. Bei ihr gab es immer irgendwo einen Zipfel Hoffnung. „Ohne einen Zipfel Hoffnung ist das Leben nichts wert.“ Das war Omas Satz, und Tobias mochte ihn, seit er ihn ohne zu stocken nachsagen konnte. Die Bedeutung dieses Satzes erschloss sich ihm von Jahr zu Jahr immer ein Stückchen mehr.

„Das ist ja ein langweilig trauriges Wetter!“, empfing Else Gossmann ihren Enkel. „Und dein Gesicht sieht auch ziemlich verregnet aus. Ist was passiert?“ Das war auch so etwas Eigenartiges an seiner Oma. Sie sah ihm immer sofort an, wie es in ihm aussah.

Nachdem seine Oma den tropfenden Mantel in die Dusche gehängt und Tobias die letzten Löffel, mit warmem Linseneintopf beladen, in sich hineingeschaufelt hatte, begann er zu erzählen: „Das war eine furchtbare Woche, Oma. Von Montag an hat es immerzu geregnet. Warum schneit es nicht endlich mal?“ Seine Oma lächelte und antwortete ihrem Enkel: „Ach, Tobi, wir können uns eben die Welt nicht so zusammenbasteln, wie wir sie gern hätten.“

„Ja, ja, aber Dezember ist schon Winter, und ich will endlich Schnee haben.“ Nachdem seine Oma Tobis Teller in die Küche getragen hatte, meinte sie: „Na gut, dann setzen wir uns jetzt hier hin und schmollen bis Heiligabend!“

Dass solche Sätze von seiner Oma nicht wörtlich zu nehmen waren, das hatte Tobias längst gelernt. Aber langweilig war es noch immer, und die Fünf unter dem Mathetest konnte Oma auch nicht wegzaubern. „Weißt du, Oma, es ist ja nicht nur das unendliche Regenwetter. Heute habe ich dann auch noch eine Fünf in Mathe kassiert.“

„Oh, das ist nicht gut. Und nun traust du dich nicht nach Hause?“

„Na ja, sie werden schimpfen, aber das allein ist es nicht. Ich wollte einfach zu dir. Du hast immer etwas zu sagen, was einen an den Tag nach so einer langen Regenzeit erinnert, und dann ist man gleich nicht mehr so traurig.“ Die Oma lächelte ein wenig verlegen. Dann sagte sie auf einmal: „Weißt du was, Tobi, ich fahre morgen gleich nach Mittag weg."

„Ach nö, nicht das auch noch."

„Nun warte doch erst mal. Wenn deine Eltern es erlauben, darfst du gern mitkommen. Wir sind aber abends erst spät wieder zurück." Plötzlich wusste Tobi nicht so recht, ob er sich freuen oder heulen sollte. Er war schon öfter mit seiner Oma irgendwo hingefahren, aber diesmal bestand Oma darauf, dass er vorher die Fünf beichten und morgen Vormittag Mathe üben sollte.

„Wo wollen wir eigentlich hin, Oma?"

„In ein ganz kleines Dorf fahren wir. Da gibt es nur eine alte Kirche und ganz wenige Häuser drum herum."

„Und was bitte schön wollen wir bei diesem kalten ekligen Wetter in diesem Dorf? Kennst du da jemanden?" Das Interesse von Tobias war nun nicht mehr zu bremsen: „Bestimmt jemand von früher, oder? Kann der auch so genial erzählen wie du?"

„Augenblick mal, Tobias. Noch haben deine Eltern nicht *Ja* gesagt. Und ich kenne in diesem Dorf jemanden genau so gut wie du."

Der arme Tobi war nun völlig verunsichert. Stimmt, das Ja von seiner Mutter würde er schnell bekommen. Was allerdings schlechte Zensuren betraf, da konnte sein Vater ziemlich stur sein. Das brauchte bestimmt eine Menge an Überzeugungsarbeit. Aber wen kannte er in diesem kleinen Popeldorf genau so gut wie Oma? „Du, Oma, ich kenne da bestimmt niemanden in diesem Dorf. Wie heißt es eigentlich? Und was wollen wir da?"

„Weißt du, Tobias, ich habe dir erklärt, was Advent heißt,

und wir beide wissen, wie anstrengend warten ist. Aber du musst nur eine Nacht schlafen, und wenn deine Eltern zu unserem Ausflug Ja sagen, dann werde ich dir alle deine Fragen beantworten."

„Das heißt, heute erzählst du mir nichts mehr?" Eigentlich wusste Tobias bereits die Antwort, noch bevor er seine Frage ausgesprochen hatte. Aber es war jetzt wie sooft. Er hatte wieder ein Ziel vor Augen. Es regnete zwar immer noch, aber das schien gar nicht mehr so schlimm. Plötzlich hatte Tobi es eilig, nach Hause zu kommen.

Am nächsten Tag, gleich nach Mittag, stürmte Tobias aus dem Haus. Leicht war es nicht gewesen, das Ja von seinem Vater zu bekommen. Aber er hatte zusammen mit ihm die gesamte Klassenarbeit noch einmal als Berichtigung geschrieben und ihm klargemacht, dass er die Aufgaben endlich verstanden hätte. Danach hatte sein Vater ihn losgeschickt: „Ich wünsche dir einen schönen Ausflug mit Oma!"

Gestern Abend hatte Tobias noch lange in seinem Bett wachgelegen und gegrübelt, wen er wohl in diesem kleinen Dorf kennen würde. Er hatte nicht die kleinste Idee gehabt. Bevor er das Haus verlassen hatte, hatte er daher seinen Vater gefragt: „Oma hat gesagt, wir fahren jemanden besuchen, den sie und ich kennen. Weißt du, wer das ist?" Verunsichert hatte der nun zur Mutter geschaut: „Sag mal, Karin, wer soll das sein, den deine Mutter in Krangen kennt?"

Tobias Mutter hatte nur gelacht und gemeint: „Stellt euch mal vor, den kennen wir alle. Aber glaubt mir, ich verrate nichts! Der Anblick eurer neugierigen Gesichter ist viel zu schön, den genieße ich."

Wenige Minuten später war Tobias bereits durch den Regen zu seiner Oma gelaufen und stand nun vor ihrer Haustür. Die kam schon fertig angezogen mit ihrem Autoschlüssel in der Hand heraus und begrüßte ihren Enkel: „Na dann mal ab in die Prignitz!“ Tobias antwortete siegessicher: „Nein, Oma, du verschaukelst mich heute nicht. Ich denke, wir fahren in dieses kleine Dorf, das Krangen heißt und in dem wir beide jemanden kennen!?“

Schnell hatte die Oma Tobias erklärt, dass Krangen ein Dorf in der Ostprignitz war und dass sie somit beide recht hatten. Aber wen sie dort kannten, dass verriet seine Oma noch immer nicht.

Die Fahrt durch den Regen auf der langweiligen Autobahn war nun tatsächlich nicht sehr stimmungsvoll, aber mit seiner Oma an der Seite konnte Tobias alles viel leichter ertragen. Endlich verließ Oma die Autobahn. Es ging geradewegs in die Fontanestadt Neuruppin hinein und wieder hinaus, dann durch den gar nicht alt aussehenden Ort Alt Ruppin, und dann fuhren sie endlich am gelben Ortseingangsschild vorbei, auf dem Krangen stand. Es war tatsächlich ein ganz kleines Dorf. In der Mitte stand eine Kirche. Schon von weitem sah Tobias den Herrnhuter Weihnachtsstern. So einer hing auch bei ihm zu Hause.

Nachdem Oma endlich einen Parkplatz gefunden hatte, denn es waren sehr viele Autos hier, nahm Oma ihren Enkel an die Hand, und sie betraten beide das Gotteshaus. Tobias staunte. Das hatte er nicht erwartet. In seinen Augen spiegelten sich die vielen Kerzen, die überall in der Kirche leuchteten. Oma hatte ihn also auf einen Adventsmarkt mitgenommen.

Ja, zu Hause in Berlin gab es unzählige Weihnachtsmärkte. Viel größer und lauter ging es auf denen zu. Hier in dieser Dorfkirche war es beinah andächtig. Honig aus der Region konnte man hier von der Imkerin selbst erwerben. Extra für diesen Adventsmarkt gebackene Kekse, gekochtes Pflaumenmus in großen und kleinen Gläsern, gebastelte Weihnachtssterne in vielen Größen und Farben konnte man hier kaufen. Ebenso Glühwein und aus frischem Birkenholz zusammengefügte kleine Krippen mit jeweils einer aus Heu gefertigten Jesusfigur darin liegend. Plötzlich zog Tobias kräftig am Arm seiner Oma und flüsterte ihr zu: „Jetzt weiß ich, wen wir beide hier kennen." Die Oma lächelte ihrem Enkel zu, und dann sagte sie zu ihm: „So, und nun werden wir beide ein Geschenk für deine Eltern aussuchen."

Nicht einen einzigen Schritt ging Tobias weiter. „Na ist doch klar. Sie bekommen das Jesuskind in dieser Krippe! Dann haben wir wenigstens immer einen Zipfel Hoffnung in unserem Haus." Oma machte ein fragendes Gesicht: „Wie meinst du das, Tobias?"

„Na, du selbst hast doch mal gesagt: Mit Jesus im Herzen hast du immer einen Zipfel Hoffnung!" Oma lachte herzlich: „Das hast du dir gemerkt? Ja, mit Jesus sieht die Welt ganz anders aus."

Jeden Verkaufsstand der Kirche besuchten die beiden. Oma trank einen Kaffee und Tobias einen Apfelsaft. Dann kam ein großer Mann, der wohl der Chef dieses Marktes war. Er lud alle Gäste ein, jetzt vor die Kirche zu kommen. Oma nahm ihren Enkel an die Hand, und draußen wurden sie von einem riesigen Lagerfeuer überrascht. „Macht hoch die Tür, die Tor macht weit ...", sangen die Leute, die um das Feuer herumstanden. Tobias kannte das Lied und stimmte mit ein: „... es kommt der Herr der Herrlichkeit."

Wenig später saß Tobias wieder neben seiner Oma im Auto. „Diesen Zipfel Hoffnung, den habe ich echt gebraucht. Warum nur vergesse ich Jesus so oft, wenn ich traurig bin?"

Oma lächelte, wie das nur eine Oma kann. „Na jetzt haben wir ihn ja mit, du wirst ihn nicht mehr vergessen." Tobias schaute sich um und sah die kleine Krippe auf dem Rücksitz neben den anderen Geschenken, die Oma noch gekauft hatte. „Oma, liest du mir heute Abend noch eine Jesusgeschichte vor?"

„Aber natürlich. Vorher schau aber mal zum Himmel hoch!"

„Das gibt's doch nicht! Vollmond! Das Regenwetter ist vorbei, war das jetzt Jesus?"

„Nein, Tobias, Jesus ist doch nicht der Weihnachtsmann. Jesus ist nicht für unser Wetter zuständig. Er hat gelebt, damit wir immer einen Zipfel Hoffnung haben dürfen. Aber um das wirklich zu kapieren, müssen wir ihn kennen, und deshalb lese ich dir so gern die Geschichten von ihm vor."

Der letzte Weihnachtsbaum erleuchtet die Hölle

Mickey Wiese

„Alle Jahre wieder kommt das *-krckskrieee-* Christuskind auf die *-qieeuuietsch-* nieder“, dudelte es leise aus dem verbeulten Kassettenrekorder, den sie auf einer verlassenen Raumstation gefunden hatten. Es war eines der letzten sogenannten Weihnachtslieder, Schlüssellieder, die irgendwo zwischen ihren Texten, Melodien und Rhythmen eine verborgene Botschaft enthielten. „Alle Jahre wieder“ war das Motto ihrer galaxisweiten Suche nach Erlösung geworden, und sie hatten als Zeichen für ihre Suche den Text in der Schrift der Ahnen über ihr gesamtes Raumschiff gemalt.

Ihre Suche hatte begonnen, als sie ein paar alte Schriften aus einer Engelsbarke gerettet hatten, die im Begriff war, auf die Sonne zu zu driften. In einer der Schriften hatten sie Hinweise auf die Koordinaten des Ursprungsplaneten gefunden. Auf dem Ursprungsplaneten, hieß es in den kosmischen Legenden, sei der Erlöser geboren worden, der allein über den Durchgang durch die Entrückungsportale entschied. Und auf andere Weise konnte man nicht in die goldene Stadt des Allmächtigen gelangen.

Das letzte noch funktionierende Entrückungsportal sollte auf dem Ursprungsplaneten stehen. Es sollte sich außerhalb der linearen Zeitausbreitung in den jenzeitigen Landen, den Phylakä, befinden. Und der Portalmeister Christuskind sollte vor Tausenden von Jahren in einer nur drei Tage anhaltenden dyschronalen Anomalie den Weg dorthin gefunden haben. Dort hätte er dann, hatten sie im Petruslogion 1. Petrus 3,19 gelesen, den Seelen im Gefängnis gepredigt, die einst ungehorsam waren, als Gott in Geduld ausharrte zur Zeit Noahs, als man die Arche baute, in der wenige, nämlich acht Seelen, gerettet wurden durchs Wasser hindurch. Das hatten sie als Hinweis darauf verstanden, dass man zum einen nur in Achtergruppen durch die Portale gehen konnte und dass zum anderen die jenzeitigen Lande tatsächlich noch Bestand haben mussten, solange es lebende Seelen im linearen Raum-Zeit-Kontinuum gab. Und genau wie in diesem Text waren auch sie acht Seelen, die letzten Menschen eines sterbenden Universums.

Als sie mit Lichtgeschwindigkeit in das System des Ursprungsplaneten einflogen, starrten sie ergriffen auf den dunklen Planeten. Ihre Ortungsgeräte konnten zwar keine energetischen Impulse mehr anmessen. Aber dort sollte er unter einem großen ewigen Licht geboren worden sein, der Portalmeister Christuskind, von einer Hominiden namens Maria. Unfassbar, dass es ausgerechnet in diesem entlegenen Teil der Milchstraße eine Gottesgebärerin gegeben haben sollte, eine Theokotos. Mittlerweile war diese Spezies bereits aufgestiegen und lebte wie so viele andere in der goldenen Stadt Jerosolymorum. Diese gigantische Chronosphären-Arche zog ihre ewige Bahn durch das Multiversum, die allumfassende Schöpfung des Allmächtigen, geschützt durch einen Paros-Schattenschirm, der die Stadt durch eine Teilentmaterialisierung teilweise aus dem Normalraum entrückte.

Die letzten acht Seelen brachten ihr Raumschiff in eine stabile Umlaufbahn um den Ursprungsplaneten, rekalibrierten ihre Ortungsgeräte und begannen die Oberfläche noch einmal zu scannen. Sie suchten das Zeichen des Tannenbaums. Denn so hieß es in einem anderen kryptischen Liedtext, dass das Kleid des Tannenbaums die Portalsucher etwas lehren wolle, also den Code für die Benutzung des Entrückungsportals. Seine Blätter seien treu und beständig, hieß es dann weiter. Das ließ sie darauf hoffen, doch noch eine schwache energetische Signatur eines leuchtenden Weihnachtsbaums zu finden. Nachdem nämlich auch die Nachfolger des Portalmeisters nach Jerosolymorum aufgestiegen waren, starben die übrig gebliebenen Seelen im gesamten Universum nach und nach an der merkwürdigen Black-Hole-Seuche, die wie kleine schwarze Löcher alle Lebensenergie nach innen verkrümmte, bis nichts mehr zum Leben vorhanden war. Und wenn der letzte Mensch gegangen sein würde, sagten alte Berechnungen, könnte es noch ca. 144 Jahre dauern, bis auch der letzte blinkende Tannenbaum auf dem höchsten Gebäude des Ursprungsplaneten erlosch. Nach diesem 828 Meter hohen Turm des Gottesgesandten, dem Burj Khalifa in Dubai, suchten sie jetzt. Hoffentlich waren sie nicht zu spät gekommen. Aber nein, da, auf der Außenterrasse der 148. Etage, der mit 555,77 Metern höchsten häuslichen Aussichtsplattform auf dem Ursprungsplaneten, stand er und leuchtete, ein echter Weihnachtsbaum, treu und beständig, auch wenn sein Licht schon bedenklich flackerte.

Mit immer wieder auf ihrer langen Reise eingeübten Handgriffen speisten sie die Lichtsequenz des Tannenbaums in den Portalfrequenzmodulator ein, den ihnen ein alter Erzengel auf Ambrosia VII überlassen hatte, einem Planeten des letzten Sonnensystems vor dem großen Leerraum zwischen Milchstraße und Andromeda. Dazu zitierten sie im vorgeschriebenen Rhythmus die alten Worte und hofften inständig, dass sie die Texte korrekt entziffert hatten: „Alle Jahre wiederkommt / der Portalmeister Christuskind / auf die Erde nieder, / wo wir acht Seelen sind. / Kehrt mit seinem Segen / ein ins höchste Haus, / geht auf Achter-Wegen / mit uns ein und aus. / Ist auch mir zur Seite / still und unerkannt, / dass er treu mich leite / in die jenzeitigen Lande."

Sie hatten die Worte kaum gesprochen, da flimmerte die Luft vor ihnen, und sie sahen vor sich die Portalkonsole in Form einer liegenden Acht, dem Symbol der Glückseligkeit und des ewigen Neuanfangs. Sie stellten sich im Kreis um die Portalkonsole und berührten sie gemeinsam an den acht vorgesehenen Vertiefungen. Und von einem Augenblick auf den anderen standen sie plötzlich in einem weiten dunklen Raum. Ein leichtes Ziehen im Nacken verriet ihnen, dass der Transfer aus der linearen Zeitausbreitung heraus in die jenzeitigen Lande funktioniert haben musste. Und obwohl sie die Anwesenheit unzähliger anderer Seelen wahrnehmen konnten, war es unmöglich,

Verbindung zu anderen Achtergruppen aufzunehmen. Die jenzeitigen Lande machten den Eindruck einer großen dunklen Leere, wie man sie sonst eben nur vom Raum zwischen großen Galaxien kannte oder von dem phylakischen Gefängnis, mit dem man den jungen Kindern Angst machte, wenn sie nicht hören wollten. Alle schienen auf etwas zu warten, aber es passierte nichts. Ängstlich hielten sie sich an den Händen. Ihres Wissens nach waren sie doch die letzten lebenden Seelen des bekannten Universums gewesen. Warum geschah dann nichts? Sollten sie das alte Petruslogion doch falsch verstanden haben?

Doch da wurde es auf einmal hell, ein Lichtstrahl fiel aus einer anderen Dimension in das Dunkel hinein, und es strahlte hell auf über dem Volk, das im Finstern wartete. Auf dem Lichtstrahl schwebte der Portalmeister Christuskind in das phylakische Gefängnis, gefolgt von himmlischen Heerscharen, bestehend aus Engeln, Theokotoi, Verkündern, Thronoi, Blutzeugen und vielen anderen. Und sie alle sangen das wunderschönste Lied, das im Multiversum jemals erklungen war: „Herrlichkeit des Christuskinds in der Höhe, das goldene Strahlen Jerosolymorums, und Friede auf dem Ursprungsplaneten in den Seelen des Wohlgefallens, der Schlüssel zum Aufstieg!“ Dann entzündete der Portalmeister Christuskind höchstpersönlich den letzten Weihnachtsbaum mitten im dunklen phylakischen Gefängnis, und sein Leuchten bahnte sich einen Weg durch die Nasen aller Anwesenden und machte sie wieder zu lebenden Seelen, indem sie den Verkrümmungsvektor der Black-Hole-Seuche auflöste.

Und als alle wieder mit dem Herzen hören und sehen konnten, fing der Portalmeister Christuskind an zu predigen. Von einem Gott, der alle Menschen bedingungslos liebt, erzählte er, und dass dieser Allmächtige sie alle nach Hause holen wolle und dass in der goldenen Chronosphären-Arche noch genügend Platz für jeden Einzelnen aus den jenzeitigen Landen sei und niemand im phylakischen Gefängnis bleiben müsse. Und sie hörten ihm zu, die Prostituierten, Freier, Atheisten, Gläubigen, die Mörder, die Steuerhinterzieher, die Kindersoldaten, die den Eltern Ungehorsamen, die Börsenspekulanten, die Gleichgültigen und Leidenschaftlichen, Kreativen und Verwaltungsbeamten und aus welchen Hintergründen sie alle kamen. Und sie begannen zu weinen, tief erschüttert über die Erkenntnis, dass die Augen ihrer Herzen durch die Umstände des Lebens erblindet waren und dass sie den Stern, der ihren Namen trug, unter all dem Mist nicht mehr gefunden hatten, nicht mehr hatten finden können. So oder so ähnlich waren sie alle in den jenzeitigen Landen gestrandet. Doch jetzt streckte der Portalmeister Christuskind seine Hand aus und bot jedem eine sichere Passage durch das letzte funktionierende Erlösungsportal an. Und gegen alle metaphysikalischen Regeln reichte der kleinste Funken Vertrauen in seine Botschaft aus, und binnen eines Wimpernschlags war das phylakische Gefängnis leer und die Mission Weihnachten endlich erfüllt.

Darum singt man seit Äonen an allen Orten des Multiversums davon, dass der letzte Weihnachtsbaum in der Hölle brennt!

Eine Science-Fiction-Weihnachtsgeschichte, inspiriert von der „Höllenfahrt Christi“ nach 1. Petrus 3,19

„Der Tag, an dem ich Weihnachten kapierte" – Adventliche Einblicke in das Tagebuch einer Pastorentochter

Frank Bonkowski

Dienstag, 24. November

Heute sind tatsächlich schon die ersten Schneeflocken gefallen. Es war richtig kalt, als ich mit dem Fahrrad nach Hause gefahren bin.

Eigentlich wollte ich mich ja in der Schule zum Endspurt bereit machen, um die letzten Klassenarbeiten des Jahres noch irgendwie zu überstehen, aber ich habe keinen Bock mehr auf Schule.

Ich meine damit nicht den ganzen Lernkram, der fällt mir ja zum Glück ziemlich leicht. Ich meine diesen blöden Zickenterror in unserer Klasse. Es macht einfach keinen Spaß mehr! Die Mädchen sind so fies! Aufstehen, fertig machen, losfahren, die Treppen hoch in unseren Klassenraum. Das ist jeden Morgen echt eine Überwindung. Hoffen wir mal, dass der Tag morgen irgendwie besser wird.

Mittwoch, 25. November

Besser war dieser Tag auf jeden Fall nicht. 45 Minuten früher bin ich heute aufgestanden, nur weil ich Angst vor Laura habe. Diese Obertussi sitzt seit ein paar Wochen tatsächlich vor der Tür und macht, wie so ein römischer Cäsar, den Daumen rauf oder runter, um ihren Untertussis zu zeigen, wie sie dein Outfit findet. Und wenn sie den Eindruck haben, dass du dich falsch angezogen hast, wirst du gleich zur Begrüßung erst mal von der halben Klasse ausgelacht. Keiner traut sich, etwas dagegen zu unternehmen. Heute war ich mal wieder dran, weil meine Jacke ihrer Meinung nach farblich nicht zur Hose passte. Blöde „Möchte-Gern-Heidi-Klum“! Es war mir total peinlich. Irgendwie auch, dass mir das blöde Gerede so viel ausmacht. Dann hab ich auch noch vor all den anderen losgeheult, und genau in dem Moment kommt unser doofer Klassenlehrer rein und fragt mich vor der ganzen Klasse, ob es mir nicht gutginge. Mega unangenehm das. Am liebsten würde ich die Schule wechseln.

Sonnabend, 28. November

Normalerweise rede ich ja nicht viel über meinen Glauben, aber als Papa mich gefragt hat, wie es mir geht, habe ich ihm nach langer Zeit mal erzählt, was bei uns los ist. Und sogar, ob er mal für die Situation in meiner Klasse beten könne. Mein Vater ist Pastor, der kennt sich also aus mit so was.

Bevor er gebetet hat, hat er mich aber gefragt, wie ich denn das Gebet beantworten würde, wenn ich Gott wäre. Gute Frage.

„Ich würde so einen Anti-Zicken-Computerchip erfinden, und den würde ich den Zicken dann nachts, wenn sie schlafen, ins Gehirn einpflanzen. Wenn sie aufwachen, könnten sie einfach keine Zicken mehr sein", habe ich geantwortet.

Papa meinte, dass er die Idee ganz cool fände, aber er sich nicht sicher sei, ob Gott, dem unser freier Wille wichtig zu sein scheint, so eine Idee unterstützen würde.

Dann haben wir gebetet. Mit „Schöpfer von Zicken und Guten und Bösen" hat Papa Gott angesprochen und dann gebetet, dass der die Situation irgendwie zum Guten lenken möge.

Wir haben beide nicht viel Hoffnung gehabt, dass unser Gebet die Lage tatsächlich verändern könnte. Trotzdem hat es irgendwie gutgetan.

Freitag, 18. Dezember

Wow, jetzt habe ich fast einen Monat lang nichts in mein Tagebuch geschrieben.

Warum finden immer alle Lehrer, dass alle Klassenarbeiten in die letzten beiden Wochen vor die Ferien gequetscht werden müssen?

Heute ist etwas ziemlich Spannendes im Konfirmandenunterricht passiert.

Mein Vater, der ja auch mein Pastor ist, hat erzählt, wie schwer es vor 2000 Jahren gewesen sein muss, unter der Unterdrückung der mächtigen Römer zu leben, und wie viele verzweifelte Gebete damals gen Himmel geschickt worden sind.

Und Gott ... tat scheinbar gar nichts. Jahrhundertelang. Nichts. Schweigen. Dann endlich kam die Antwort auf millionenfaches Fragen, Bitten, Flehen, Klagen: In einer Grotte in Bethlehem schreit ein Baby.

Ein verarmtes Paar aus einer schlechten Gegend war auf Befehl der Römer in die Stadt Bethlehem gereist, wo es ein uneheliches Kind zur Welt gebracht hat. Das wäre auch heute total mies, aus einer blöden Gegend zu kommen und als Teenager schwanger zu werden. Aber damals muss das *richtig* fies gewesen sein.

Jedenfalls wollte keiner diese Leute bei sich aufnehmen, und darum fand die Geburt in einem Stall statt. Jesu erstes Babybett war eine Futterkrippe, die ersten Gäste so ein paar Loser, die nach Schaf rochen, und eine Handvoll Astrologen. Zwar sangen Engel, und es leuchtete ein Stern, aber ...

Die Römer waren immer noch an der Macht und unterdrückten und quälten die Welt fröhlich weiter.

Gottes Idee von einer Gebetserhörung war hier auch kein „Anti-Unterdrücker-Computerchip", oder wenigstens jemand, der den Römern mal eins auf die Fresse gehauen hätte, sondern ein armseliges Baby. Na herzlichen Glückwunsch.

Mein Vater hat uns allen in der Konfi-Gruppe so ein Gebetbuch gegeben, in das wir jede Woche unsere Gebete schreiben sollen. Diesmal war die Aufgabe, Gebete zu formulieren über Dinge, die wir ungerecht finden.

Als wir fertig waren, sagte mein Vater: „Ich kann euch nicht versprechen, dass Gott euch das gibt, was ihr euch wünscht, aber wenn mir die Weihnachtsgeschichte etwas beibringt, dann, dass Gott mit uns ist. Dass er sich mit uns freut, wenn wir uns freuen, und mit uns weint, wenn wir traurig sind.

Je länger ich lebe, desto mehr lerne ich, dass das manchmal mehr hilft, als jemanden zu haben, der all meine Probleme aus dem Weg räumt."

Als wir später im Auto nach Hause fuhren, habe ich mich ein bisschen beschwert, weil ich glaube, dass Papa die Geschichte nur wegen meinem Stress mit den Zicken so erzählt hat. Er hat geantwortet, dass er natürlich an meine Situation denken musste. Diese Idee, dass Gott mit uns fühlt, sei ihm aber auch bei seinen eigenen Problemen wichtig.

Dann hat er noch gefragt, ob ich ihm erzählen möchte, was ich in mein Gebetbuch geschrieben hätte.

Wollte ich. „Ich habe Gott daran erinnert, dass meine Idee mit dem Anti-Zicken-Computerchip gar keine so schlechte ist. Den Römern hätte ich damals übrigens auch eins aufs Maul gehauen, wenn ich Gott gewesen wäre."

„Aha", lautete sein kurzer Kommentar.

„Ich habe aber noch etwas geschrieben", fuhr ich fort. „Ich habe ihm dafür gedankt, dass Isa in meiner Klasse ist. Sie ist meine Freundin, und neulich, als es wieder besonders fies zuging und ich weinen musste, da hat sie sogar mit mir mitgeweint, und das hat echt gutgetan. Ich bin wirklich dankbar, dass ich in dieser Situation nicht alleine bin."

„Ich glaube, du hast heute Nachmittag verstanden, warum Weihnachten ein so tolles Fest ist", hat er dann noch gesagt.

Und ich habe gedacht, dass er recht haben könnte und ein armseliges Baby, das mich in meiner manchmal armseligen Welt besucht, ja vielleicht doch gar keine so schlechte Gebetserhörung ist.

Donnerstag, 24. Dezember

Der Heiligabendgottesdienst ist ja eigentlich langweilig, weil jedes Jahr kleine Kinder in Schafs- und Engelskostümen und Bademänteln auf der Bühne rumlaufen, bis man dann irgendwann Kerzen anzündet und ganz gerührt „Stille Nacht“ singt.

Aber als sie dieses Jahr die Babypuppe in die Krippe gelegt haben, da war ich unglaublich dankbar, dass Jesus in meine Welt gekommen ist und ihm meine Sorgen nicht egal sind. Das löst nichts, aber gibt mir ein bisschen Hoffnung.

Vor dem Essen hat Mama uns gefragt, ob Papa und ich noch schnell ein paar Geschenke zu Leuten fahren würden, die sie nicht mehr rechtzeitig fertig bekommen hatte. Das hat total Spaß gemacht. Wir haben die Geschenke vor die Haustür gelegt, geklingelt und uns dann im Auto versteckt und heimlich beobachtet, wie die Leute sich gefreut haben.

Ich habe gesagt, dass es eigentlich jeden Tag wie Weihnachten sein sollte und man überlegen könnte, wie man anderen eine Freude macht.

Isa haben wir auch noch ein Geschenk vorbeigebracht. Da wollte ich aber doch nicht nur klingeln, sondern gleich sehen, ob ihr mein Geschenk gefällt.

Ach ja, ich selbst habe von meiner Schwester ein total schönes Outfit bekommen. Wenn die Tussis da den Daumen runterhalten, dann ist das der absolute Beweis, dass die echt keine Ahnung haben. Dann würde ich die, glaube ich, auslachen, weil mir das voll gut steht.

Ich mag Weihnachten.

Mein 1. Weihnachten in Kanada

Klaus Dojahn

Am 5. Oktober 1957 stach das Auswandererschiff „Arosa Star" vom Kai in Bremerhaven in See. Es war eine emotionale Szene. Bevor die Taue gelöst wurden, hatte sich eine kleine Musikapelle neben dem Schiff eingefunden und spielte die vertrauten Abschiedslieder: „Muss I denn, muss I denn zum Städtele hinaus" oder „Nun ade, du mein lieb Heimatland". Auswanderer, darunter auch ich, sowie Angehörige, die ihre Lieben zum Hafen begleitet hatten, waren gerührt. Als die „Arosa Star" nun langsam vom Kai in die Fahrrinne geschleppt wurde, schwenkten Menschen am Kai wie auf Deck mit einer Hand Hüte und Tücher zum Abschied, während mit der anderen Hand die Tränen weggewischt wurden.

Noch am selben Tag liefen wir LeHavre in Frankreich an, um weitere Passagiere an Bord zu nehmen. Am folgenden Tag ankerten wir vor der Küste Englands, wo ein Zubringerboot noch mehr Fahrgäste aus Southampton brachte.

Kurz darauf wurde der Anker gelichtet und der Bug des Schiffes nach Westen gerichtet. Der Orkan der letzten Tage ließ immer noch 30 Meter hohe Wogen heranrollen, sodass abwechselnd das Vorderschiff untertauchte und das Schiffsheck aus der See gehoben wurde, sodass die frei gewordene Schraube die „Arosa Star" durchrüttelte. Wir, 700 Passagiere, kamen uns auf der 130 Meter langen, 9 000 Tonnen schweren „Arosa Star" wie in einer Nussschale vor. Nach zehn Tagen erreichten wir Quebec City und hatten endlich festen kanadischen Boden unter den Füßen.

Mein Ziel, Millet, eine kleine Farm-Gemeinde in der Provinz Alberta, lag aber noch weitere 2 500 Meilen (4 000 km) westlich von Quebec City. Mit der Canadian Pacific Railways-Bahn, die Tag und Nacht durchrollte und nur an größeren Stationen hielt, erreichte ich Millet in dreieinhalb Tagen. Als ich beim Ausstieg vom Trittbrett auf den Boden sprang, stand ich in 30 Zentimeter tiefem Schnee. Hier hatte der Winter schon begonnen.

Der Farmer, der für mich gebürgt hatte, holte mich vom Bahnhof ab. Die Reifen seines Autos waren mit Schneeketten versehen, die beim Fahren hörbar rasselten. Seine Farm lag fünf Meilen (acht Kilometer) außerhalb der Ortschaft. Er war 1928 aus Ostpreußen hier eingewandert und erzählte, dass fast alle umliegenden Farmer zu dieser Zeit aus Deutschland hierhergekommen waren. Dementsprechend nennt sich die Gemeinde Wiesental und die kleine Nachbargemeinde Friedrichsheim. Seine Frau stammte auch aus Deutschland, und beide sprachen noch relativ gut Deutsch. Bei ihren drei Kindern klappte das schon nicht mehr so gut. Sie waren ja in Kanada geboren, und in den Kriegsjahren 1939 bis 1945 wurde die deutsche Sprache hier absichtlich vernachlässigt.

Nachdem mir mein Zimmer gezeigt worden war, packte ich

meine zwei Koffer aus. Nach insgesamt 17 Reisetagen schätzte ich ein wohltuendes Bad. Am Abend saß ich dann mit allen am Familientisch zur ersten Mahlzeit am neuen Ort.

Der Betrieb war eine sogenannte Mixed Farm mit Feld- und Tierwirtschaft. Morgens wurden zuerst die Tiere versorgt; das bedeutete 20 Kühe melken und füttern, denn die Weiden waren schon ziemlich eingeschneit. Dann wurden Pferde, Schweine und Hühner versorgt. Nun, dachte ich, das Tagewerk im Winter hört hier also schon um zehn Uhr morgens auf.

Falsch kalkuliert. Dick eingemummt in einen warmen Parka mit Mütze, Ohrenschützern und einer Kapuze mit Coyotenfell, warme Filzschuhe, über die hohe Gummigaloschen gezogen wurden, ging es bei minus 20 Grad Celsius raus auf die Landwege, die das 240 Hektar große Grundstück umgaben. Die Felder sind eben gehalten, doch die Landwege etwa einen Meter höher angelegt. Wenn es schneit und der Wind über die Landschaft pfeift, bleiben die erhöhten Straßen freigefegt. Wuchert aber Gestrüpp an den Straßenrändern, bilden sich oft Schneewehen auf der Fahrbahn, die den Verkehr ins Stocken bringen. Mit Handsäge und Axt bewaffnet, gingen wir an den nächsten Tagen die Straßen entlang und beseitigten wildes Gesträuch. Der Farmer erwähnte so nebenbei, jetzt sei noch eine günstige Zeit, bevor es kälter würde und mehr schneite. Ich dachte, er scherze. Als aber in der folgenden Woche das Thermometer auf minus 30 Grad stand und ein Meter Schnee auf den Feldern lag, nahm ich ihn ernst.

Als am 2. Advent noch kein Adventskranz da war, fragte ich so nebenbei, ob man die Tradition hier nicht kenne. Doch, noch von Deutschland her, hieß es, aber es werde hier nicht regelmäßig daran gedacht. Etwa zwei Wochen vor Weihnachten werde hier schon der Christbaum aufgestellt und geschmückt. Da lohne es sich nicht, auch einen Adventskranz zu haben. In der Stadt möge es anders sein, da kann man den Kranz kaufen. Hier müsste man erst Tannenäste schneiden und den Kranz selbst binden, dazu sei zu wenig Zeit.

Ich sollte schnell lernen, wie hier die Zeit vor Weihnachten noch ausgenutzt werden musste. Der Sommer stellte andere Ansprüche.

Während die Farmersfrau, sie hieß Hertha (man spricht sich hier eigentlich nur mit Vornamen an), sich vor allem den Tieren widmete, fuhren ihr Mann, er hieß Benjamin, und ich mit dem Traktor und einem Anhänger zu einer 24 Kilometer entfernten offenen Kohlengrube. Die feine Kohle wurde mit einem Schaufel-Bagger aufgeladen, der volle Anhänger gewogen und zu Hause von uns in den Keller geschaufelt. Am folgenden Tag holten wir noch eine Ladung.

Die Heizung für das Haus bestand aus einem großen Ofen im Keller, genannt Furnace, der mit Holz und Kohle eingeheizt wurde. Ein Heizungsschacht ließ die warme Luft vom Ofen aufsteigen und das ganze Haus durchdringen. Die Außentemperaturen, manchmal bis zu minus 40 Grad, erforderten, dass der Ofen im Winter Tag und Nacht geheizt wurde. Meistens hielten zwei große Schaufeln Kohle die ganze Nacht vor.

Es gab noch eine Aufgabe für uns Männer, da nicht genügend Holz für die Länge des Winters im Keller lag. Wir stapften durch den hohen Schnee zu dem kleinen Wald des Farmers und fällten acht Bäume von etwa 30 cm Durchmesser und 10 Meter Höhe. Mit dem Traktor kamen wir nicht mehr durch den Schnee im Wald. Wir waren auf die starken Ackerpferde angewiesen, mit denen wir die Stämme durch den Schnee auf den Hof ziehen konnten.

Ein Farmer der Gegend besaß ein fahrbares Gestell mit einer Kreissäge von einem Meter Durchmesser. Durch Riemenantrieb von seinem Traktor wurde die Säge zum Rotieren gebracht. Es stellten sich acht Nachbarn ein, die selbst entästete Stämme im Hof liegen hatten und nun beim Sägen einander behilflich waren. Das war etwas ganz Neues für mich. Alle acht Mann und ich hoben einen ganzen Baumstamm an, machten auf Kommando des Sägeführers einen Schritt nach vorne und sägten den ersten Klotz ab. Dann, auf Kommando, alle einen Schritt zurück, einen Schritt nach rechts, wieder einen Schritt nach vorne, und der zweite Klotz fiel in den Schnee. In einer Woche waren alle Stämme auf den acht Farmen zersägt. Danach war ich eine Woche lang mit Holzspalten auf unserer Farm beschäftigt.

Es war eine Woche vor Weihnachten. Die Arbeiten wurden eingestellt. Benjamin und Hertha melkten natürlich weiterhin die Kühe, und das schon um 5.30 Uhr, denn um 7.00 Uhr kam der Milchtank-Laster vorbei und pumpte die zu liefernde Milch in den großen verchromten Tank. In der Zeit sammelte ich die Eier von 150 Hühnern ein, und anschließend machten Benjamin und ich noch die Ställe sauber.

Im Wohnzimmer stand nun schon der zweieinhalb Meter hohe, durch Gemeinschaftsbetätigung geschmückte Weihnachtsbaum. Und wieder fiel ich ins Staunen, denn der Baum trug elektrische Kerzen. Das kannte ich damals von Deutschland noch nicht. Seit zwei Wochen nun waren die Kerzen eingesteckt, sobald wir von draußen ins Haus traten, und wurden erst ausgeschaltet, wenn wir uns zur Nachtruhe begaben. Ein Plattenwechsler sorgte den ganzen Abend für Weihnachtsmusik. Mein Englisch war noch mangelhaft, doch ich erkannte viele Melodien und habe oft auf Deutsch etwas mitgesungen.

Heute beim Abendessen wurde angesagt, dass wir morgen nach dem Melken in die Stadt fahren. Mit der Stadt war die Provinzhauptstadt Edmonton gemeint, 30 Meilen (48 Kilometer) nördlich der Farm. Edmonton war mit 180 000 Einwohnern (1957) nach hiesigen Verhältnissen eine Großstadt. Sinn der Sache war, Weihnachtsgeschenke zu kaufen und die festliche Dekoration der Geschäfte zu bewundern.

Es war für mich eine nette Abwechslung, denn ich war noch nie in Edmonton gewesen, obwohl es das eigentliche Ziel meiner Reise sein sollte. Ich wollte im folgenden Frühjahr dort mein Glück versuchen. Das Jahr auf der Farm war erlebnis- und lehrreich für mich, doch ich war ja Elektriker von Beruf.

Nun wollte ich mein erstes Weihnachten in Kanada in der kleinen Farmgemeinde Wiesental feiern. Wenn auch der ungewohnt raue Winter verfehlte, mich in Weihnachtsstimmung zu bringen, so schaffte es doch meine zahlreiche Weihnachtspost, die ich erhalten hatte. Aber auch die Selbstgeschriebene versetzte mich beim Schreiben in Weihnachtsstimmung. Mit vielen Freunden blieb ich in Briefverkehr. Und natürlich mit meinen Eltern, Großeltern und weiteren Verwandten. Ich habe stets gerne Briefe geschrieben, und ich glaube, sie trugen viel dazu bei, das Gefühl zu haben, dass ich nicht alleine dastand, selbst wenn mich 7 000 Meilen (11 500 Kilometer) von meiner alten Heimat trennten.

Es war Heilig Abend, und wir machten uns zum Kirchgang fertig. Die Wiesental-Kapelle war gut besucht. Wie ich hörte, war der gegenwärtige Pastor der letzte, der noch auf Deutsch predigte. Hymnen im Gesangbuch waren auf Deutsch und Englisch. Ein kleiner Chor beteiligte sich am Programm, und natürlich waren die Jüngsten mit einem Krippenspiel dabei. Im Anschluss blieb man noch lange in herzlicher Atmosphäre zusammen, wünschte sich ein frohes Fest und einen guten Start in das neue Jahr.

Zu Hause gab es einen Festbraten und noch gemütliche Stunden zusammen. Der Christbaum wurde allgemein bewundert. Es wurde gefragt, was der Christbaum eigentlich zu bedeuten habe. Der Hausvater gab folgende Erklärung: Der Baum symbolisiert den Baum des Lebens, der im Paradies stand. Tanne – weil im Winter bei uns kein anderer Baum grün ist. Die Kerzen weisen auf Christus hin, der für die Christenheit das Licht der Welt ist.

Mein erstes Weihnachten in Kanada habe ich nicht nur herrlich gefeiert, sondern auch wunderbar erlebt.

Weihnachtswunder mit Kartoffelsalat und Würstchen

Sabine Langenbach

Stimmengewirr. Kindergeschrei. Spannungsvolles Warten. Alle Plätze belegt. Von rechts wehten die Ausdünstungen von Knoblauch herüber. Von links roch es nach Braten, und ab und zu stieg ihr der Duft eines herben, teuren Männer-Eau de Toilette in die Nase. Im Hintergrund sang sich der Chor ein, und auch die Posaunenbläser spielten ein paar Töne. Sie ließ das alles auf sich wirken; froh, dass die beiden Jungs brav zwischen ihr und Uroma Käthe saßen und nicht, wie die vielen anderen Kinder, im Gang herumtobten.

Das hatte sie gar nicht zu hoffen gewagt, denn eigentlich gehörten Sven und Malte eher zu denen, die nie still sitzen konnten. Vielleicht lag es daran, dass Uroma dabei war. Mit ihrem grünen Lodenmantel, den sorgfältig gelegten weißen Haaren, den rot geäderten Wangen und der kerzengraden Erscheinung flößte sie ihnen womöglich ein bisschen Respekt ein. So oft sahen sie sie ja auch nicht.

Melanie schmunzelte vor sich hin. In dem Moment schaute

Käthe sie an und lächelte ebenfalls, als hätte sie die Gedanken ihrer Enkeltochter erraten. Verschwörerisch drückten sie sich – über die Jungs hinweg – die Hand! Ohne ein Wort wusste sie, was ihre Oma damit sagen wollte: „Lass uns Heiligabend feiern! Gott wird Mensch! Egal, was war: Darüber kannst du dich heute freuen!“

Das konnte sie wirklich gebrauchen: echte Weihnachtsfreude.

Die wollte sie in diesem Heiligabendgottesdienst in sich aufsaugen!

Gott macht sich klein in seinem Sohn Jesus, den er als Baby auf die Welt schickt. Mitten in den Dreck eines Stalles. Aus Liebe zu allen Menschen!

Sie fühlte sich wie ein ausgetrockneter Schwamm. Die letzten Jahre waren alles andere als leicht gewesen. In ihrer Beziehung zu Ralph ging es auf und ab. Er hatte jetzt einen Job, der ihm Spaß machte. Das war schon die halbe Miete. Aber er kam nicht damit zurecht, dass die Jungs schwierig waren. Malte mit seinen acht Jahren war hyperaktiv, der sechsjährige Sven eher in sich gekehrt. Beiden gerecht zu werden war oft ein Eiertanz und auf die Dauer sehr anstrengend! Aber jetzt schien es bergauf zu gehen. Sogar der Weihnachtsbesuch von Oma Käthe war für Ralph kein Problem. Bestes Zeichen dafür, dass sich die Wogen geglättet hatten.

Zu einem gemeinsamen Kirchgang konnte Melanie ihn allerdings nicht überreden. Er war zu Hause geblieben und wollte, während sie im Gottesdienst waren, die Geschenke unter den Baum legen und den Tisch decken.

Wieder grinste sie vor sich hin. Sonst hatte sie ein Drei-Gänge-Menü zum Heiligabend gezaubert. All die Jahre hatte sie das getan, weil es für sie zu einem perfekten Heiligabend dazugehörte. Da war sie aber die Einzige in der Familie. Beim letzten Mal hatte sie Lammfilet in Blätterteig an Lauchgemüse mit Herzoginkartoffeln gekocht, viel Arbeit war das gewesen. Malte hatte dann gesagt, was alle gedacht hatten: „Kartoffelsalat mit Würstchen wäre mir lieber gewesen!" Mit diesem Frust war jetzt Schluss. Auf dem Heiligabend-Speiseplan stand das Wunschgericht! Herrlich einfach. Deshalb saß sie tiefenentspannt in der Kirchenbank. Na ja ... beinahe zumindest ...

Orgel und Posaunen rissen sie aus ihren Gedanken. Mit einem Schlag war es still in der großen Kirche. Der Festgottesdienst ging los. Sie ließ den Blick über die Menschenmassen in den Bänken schweifen. Suchte nach vertrauten Gesichtern in der Menge. Da entdeckte sie gleich acht! Und dann auch noch welche, mit denen sie überhaupt nicht gerechnet hätte! Familie Peeters aus der Partnergemeinde aus Belgien! Bei einem Besuch in Gent vor einem Jahr hatten sie sich kennengelernt und sofort gut verstanden. Was machten Arthur, Marie und ihre sechs Kinder am Heiligenabend 150 Kilometer von ihrem Zuhause entfernt? Das musste sie unbedingt nach dem Gottesdienst herausbekommen! Jetzt wollte sie das Krippenspiel genießen und die Weihnachtsbotschaft auf sich wirken lassen, auf dass sich dann auch die echte Weihnachtsfreude einstellen würde.

Nach „O du fröhliche" schoben sich die Massen zum Ausgang. Auch ihre Jungs wollten so schnell wie möglich nach Hause. Denn da warteten Papa und die Geschenke. Und Oma und Opa hatten auch versprochen zu kommen! Entsprechend genervt waren sie, als ihre Mutter ihnen verkündete, dass sie noch kurz Familie Peeters begrüßen wollte. Gut, dass Uroma Käthe dabei war und die Lage rettete.

Jetzt warteten die drei in der Kirchenbank, während Melanie sich den Weg zu Arthur und Marie bahnte. Sie standen etwas unentschlossen an der Seite. Die Freude war groß, als sie das bekannte Gesicht sahen. Nachdem Melanie alle acht herzlich gedrückt hatte, stellte sich schnell heraus, dass Familie Peeters Weihnachten mal anders verbringen wollte, und so hatten sie sich entschieden, in ein Ferienhaus zu fahren. Dass das in der Nähe ihrer Partnergemeinde gelegen war, hatten sie erst am Morgen entdeckt, und so waren sie zum Heiligabendgottesdienst hergekommen.

Ohne groß zu überlegen, lud Melanie die acht Belgier ein, den Heiligabend mit ihrer Familie zu verbringen. Sie sagten sofort zu!

Erst als sie mit den Kindern und Uroma Käthe im Auto saß, wurde ihr bewusst, was sie gerade gemacht hatte. Was würde Ralph dazu sagen, dass sie acht Leute mehr am Tisch wären? Und das Essen? Würde es überhaupt reichen? Zum Glück hatte sie ein paar Gläser Würstchen auf Vorrat im Keller ... Brötchen zum Aufbacken ... und der Kartoffelsalat? Könnte knapp werden ... Egal, jetzt hatte sie die acht eingeladen. Es würde schon irgendwie gehen.

Als Ralph die Tür öffnete und den kleinen Menschenauflauf sah, stutze er erst. Aber dann freute er sich über das unverhoffte Wiedersehen. Oma und Opa begrüßten die Gäste, aber irgendwie war es ihnen auf einmal zu voll. Und fremde

Leute am Heiligabend? Nein, darauf hatten sie keine Lust. So wie sie eben noch alle begrüßt hatten, verabschiedeten sie sich sofort wieder bei allen mit Handschlag und gingen nach Hause. Uroma Käthe blieb.

Erst waren Malte und Sven enttäuscht, dass die Großeltern gingen. Sie befürchteten, dass sie auch die Geschenke mitgenommen hätten. Aber als sie sahen, dass genügend Päckchen unter dem Weihnachtsbaum lagen, war wieder alles in Ordnung.

Während Ralph ganz selbstverständlich einen Campingtisch aus dem Keller holte, damit alle einen Platz finden würden, ging Melanie an den Schrank, wo sie die Geschenke lagerte. Zu ihrem eigenen Erstaunen fand sie genau ACHT Päckchen, die sie für alle Fälle mal eingepackt hatte. Als ob ich eine Vorahnung gehabt hätte!, dachte sie und legte alles unter den Weihnachtsbaum. Nun konnte die Bescherung beginnen.

Jeder bekam mindestens ein Päckchen, und dass der Überraschungsbesuch aus Belgien mit dem Badeschaum nichts anfangen konnte, weil sie zu Hause überhaupt keine Badewanne hatten, tat der Freude über die liebevoll verpackten Geschenke keinen Abbruch.

Malte und Sven packten zusammen mit den anderen Kindern ihre Päckchen aus und wollten sofort anfangen zu spielen.

Aber da rief Ralph zum Essen. Melanie hatte den Kartoffelsalat und die Würstchen in große Schüsseln gefüllt. Brötchen, Brot, Ketchup und Senf fehlten auch nicht. Nach einem kurzen Dankgebet wurden die Teller aufgefüllt, und alle aßen mit großem Appetit. Es ging fröhlich und laut zu. Es wurden

Weihnachtsgeschichten erzählt, viel gelacht, und Melanie vergaß darüber völlig, sich Sorgen zu machen, ob denn das Essen für alle reichen würde.

Dann schaute Arthur auf einmal auf die Uhr. „Was, so spät schon!“, rief er. Familie Peeters musste ja noch einige Kilometer bis zu ihrem Ferienhaus fahren. Auch für die Jungs war es Zeit, ins Bett zu gehen. Der Abschied kam so schnell, wie die Einladung über Melanies Lippen gekommen war. Und schon waren die acht weg.

Ralph brachte Malte und Sven ins Bett. Melanie begann abzuräumen. In Gedanken war sie noch bei dem wunderschönen Abend. Sie nahm eine der Schüsseln in die Hand und stutze: Sie hatte erwartet, dass alles leergegessen sein würde. Aber nein, es waren noch Würstchen und auch Kartoffelsalat da!

Für fünf Erwachsene und zwei Kinder hatte sie Essen vorbereitet – aber zwölf Hungrige mit großem Appetit waren es dann tatsächlich gewesen. Alle waren satt geworden! Wie konnte das gereicht haben und sogar noch etwas übrig sein?

Melanie räumte weiter auf. Sie konnte sich das nicht erklären. Immer wieder fiel ihr Blick auf die übrig gebliebenen Würstchen und den Kartoffelsalat.

Auf einmal war ihr alles klar: Sie hatte ein Weihnachtswunder erlebt. Und genau genommen nicht nur eins!

U 79 – Die Weihnachtswunderlinie

Thomas Klappstein

Bodo liebte dieses Ritual. Am frühen Nachmittag des Heiligen Abends in Duisburg an der Station Grunewald in die U 79 zu steigen und bis zum Klemensplatz nach Düsseldorf-Kaiserswerth zu fahren. Dort auszusteigen, durch die Gassen des alten Kaiserswerth und schließlich über den Deich zum Restaurant „Alte Rheinfähre" zu spazieren. Dort, kurz bevor das Lokal zum Weihnachtsabend schließt, noch einen Kaffee und ein Stück hausgemachter „Lübecker Marzipantorte" zu genießen, die hier besonders gut war und ihn an seine Heimatregion erinnerte. Als einer der letzten Gäste durch das Panoramafenster im Wintergarten den Blick auf den vorbeifließenden „Vater Rhein" zu genießen und am anderen Ufer die sich langsam senkende Wintersonne zu beobachten. Und wenn die echte Rheinfähre sich nicht schon vor zwei Tagen in die Winterpause verabschiedet hätte, wäre er mit ihr auch noch ans andere Ufer und wieder zurückgefahren.

Jetzt verabschiedete er sich von der „Weihnachtskellnerin", wie er sie nannte, die in den vergangenen Jahren immer die Heiligabendschicht im Restaurant übernommen hatte. Gab ein großzügiges Feiertagstrinkgeld und machte sich auf den Rückweg zur U-79-Station Klemensplatz. Diese U 79, die einzige direkte Linie zwischen Duisburg und Düsseldorf, glich eher einer Straßenbahn-Linie als einer U-Bahn. Nur die letzten Stationen in Duisburg und einige Zwischenstationen in Düsseldorf verliefen unterirdisch. Zwischen der wenig besiedelten Grenze der beiden Großstädte verlief die Strecke kilometerweit über freies Feld.

Sein Rückweg führte Bodo direkt am Rhein entlang. Vorbei an der Galerie Burghof, dem Kultbiergarten und der Ruine der alten Kaiserpfalz. Die Wintersonne senkte sich immer mehr, und so langsam bekamen der Himmel und die wenigen Wolken einen leichten Rotstich. Durch das Fluttor in der Stadtmauer betrat er schließlich die Altstadt von Kaiserswerth. Er mochte diese früher eigenständige Stadt mit ihrer Historie. Besonders zu dieser Zeit des Jahres. Viel los war jetzt nicht mehr. Die Geschäfte und Lokale hatten bereits geschlossen. Die Weihnachtsbeleuchtung in den Bäumen auf dem alten Marktplatz, der die Straße der Altstadt in den links und rechts fließenden Verkehr teilte, ließ ihn an Joseph von Eichendorffs Weihnachtsgedichtsklassiker denken. Auch die Schaufensterdekorationen, insbesondere die der Traditionsbuchhandlung Max Apel sowie die des vor ein paar Jahren neu eröffneten Buchladens „Lesezeit". Eine alte Dame im Pelz und mit Geschenktaschen in beiden Händen ging an ihm vorbei. Sicherlich auf dem Weg zu ihren Kindern und Enkelkindern. Ein junger Familienvater und eine junge Familienmutter mit ihren kaum zu bändigenden Kleinkindertruppen zogen ihre Runde. Wahrscheinlich von den Partnern aus dem Haus geschickt, um letzte liebevolle Vorbereitungen für die Bescherung zu treffen. Auch eine kleine Gruppe Teenager, offensichtlich in der Pubertät und mit wenig Bock auf ein klassisches Familienweihnachtsfest, kam ihm entgegen. Sie verließen die Altstadt durchs Fluttor und bogen Richtung Kaiserpfalz-Ruine ab. Wahrscheinlich unterwegs zu ihrer alternativen Weihnachtsfeier, dachte Bodo bei sich.

Nun vorbei am Klemensplatz, wo die Buden des kleinen, aber feinen Weihnachtsmarktes noch aufgebaut waren, zur unmittelbar anschließenden Haltestelle. In fünf Minuten würde die nächste Bahn der U 79 Richtung Duisburg-Meiderich kommen. Der Kult-Imbiss mit der legendären „Berliner Currywurst", direkt an der Haltestelle, schloss gerade seine Luke. Drei Kunden verspeisten am Tresen die Reste ihrer Currywurst-Pommes mit Schranke. *Macht ja schon Appetit*, dachte Bodo, aber am Abend erwarteten ihn ja noch zahlreiche kulinarische Genüsse im Familienkreis.

Die „blaue Stunde" machte sich nun bemerkbar. Der Zeitraum an den Wintertagen, wo es nicht mehr richtig hell, aber auch noch nicht richtig dunkel ist. Jetzt freute sich Bodo auf die Rückfahrt. War gespannt, welche Fahrgäste ihn in diesem Jahr am Heiligen Abend auf seiner „Traditionsfahrt" begleiten würden.

Wie gesagt, Bodo liebte dieses Ritual. Er zelebrierte es, seitdem es ihn aus seiner norddeutschen Heimatregion, dem Großraum Hamburg, aus beruflichen – oder besser: aus Berufungsgründen – ins Ruhrgebiet verschlagen hatte. Zunächst nach Marl, am nördlichen Ruhrgebietsrand, und dann nach Duisburg, an der Grenze zum Niederrhein. Seine Kinder waren hier geboren und aufgewachsen. Die Tochter in Marl, der Sohn in Duisburg.

Bodo war Pastor einer freikirchlich-evangelischen Gemeinde. In Absprache mit der Gemeindeleitung und den Gemeindemitgliedern hatten sie gleich nach seinem Dienstantritt entschieden, an den Weihnachtstagen nur einen zentralen Gottesdienst anzubieten. Am Heiligen Abend. Und diesen zeitlich auch deutlich später gelegt, als es sonst üblich war. Dafür mit besonders viel Liebe geplant und vorbereitet. Schließlich wurde ja der Geburtstag von Jesus gefeiert, Gottes Sohn – die Ankunft des Schöpfergottes in menschlicher Gestalt in seiner eigenen Schöpfung. Manchmal war das für Bodo immer noch unbegreiflich.

Dass der Gottesdienst wirklich etwas Besonderes war, hatte sich herumgesprochen im Duisburger Süden. Jedes Jahr wurde er daher von mehr Menschen besucht. Viele mussten inzwischen stehen.

Bodo wollte entspannt in diesen Gottesdienst gehen. Außerdem das Ritual seiner Tour mit einer jedes Jahr sich anders entwickelnden Atmosphäre genießen. Deshalb mussten die Vorbereitungen für den Gottesdienst auch spätestens zur Generalprobe am 22. Dezember abgeschlossen sein. Das hatte auch diesmal geklappt.

Die Bahn lief ein. Bodo hatte das Manuskript seiner Predigt dabei – die natürlich auch schon bis zur Generalprobe hatte fertig sein müssen – und würde auf der Rückfahrt noch mal drüberschauen. Manchmal bekam er dann noch eine letzte Inspiration, die er spontan einfügen konnte. Kam immer ganz auf die Konstellation der Fahrgäste an. Bodo beobachtete gerne die Leute, die am 24. Dezember, so kurz vor dem „Heiligen Abend“, noch unterwegs waren. Sinnierte darüber, was ihr Ziel an und für diesen Abend war. Oder ob sie nicht sogar auf der Flucht waren vor diesem „Fest der Feste“ und seinen emotionalen Besonderheiten.

Das junge Liebespaar, das schon auf dem Bahnsteig eng aneinandergekuschelt stand und sich wohl auf das erste gemeinsame Fest freute, stieg mit ihm in den Waggon. Suchte sich eine freie Sitzbank und kuschelte auch im Sitzen weiter. Voll war es nicht. Die meisten Menschen in diesen Breitengraden waren zu dieser Uhrzeit bereits zu Hause versammelt oder saßen schon in einer der Christmetten, die z. T. schon am frühen Nachmittag gefeiert wurden.

Aber der Typ da drei Reihen vor ihm, mit brauner, leicht abgewetzter Cordhose, grünem, ausgeblichenem Parka und grauer Strickpudelmütze auf dem Kopf mit dem wenigen Haar, war ihm schon auf der Hinfahrt aufgefallen. Auch wegen seines kleinen Pudels, den er meist auf seinem Schoß hatte und interessanterweise „Erdmute“ nannte – ein uralter Name, der heute nicht mehr geläufig war. Wohl tatsächlich ein „Weihnachtsflüchtling“, der den Heiligen Abend damit verbringen wollte, von einer Endstation zur anderen zu fahren, dachte Bodo bei sich. Anders als die drei Männer, die offensichtlich keine deutschen Wurzeln hatten und sich in einer Reihe mit gegenüberliegenden Zweierbänken angeregt und entspannt unterhielten. Vielleicht wirkliche Flüchtlinge, überlegte Bodo. Die Klamotten, durchaus sauber und passend zusammengestellt, aber modisch nicht up to date, könnten aus der Kleiderkammer einer Flüchtlingsunterkunft stammen. Dass sie sich untereinander in Englisch unterhielten, mit ein paar deutschen Sprachkursbrocken, wies darauf hin, dass sie nicht aus derselben Region stammten. Zwei ließen eine Herkunft aus dem arabischen Raum vermuten – Syrien oder Irak? –, bei dem anderen deutete äußerlich vieles auf Afrika hin. Die „Heiligen Drei Könige", schoss es Bodo in den Kopf, und er schämte sich ein wenig, dass ihm gleich dieses Klischeebild der Weisen aus dem Morgenland, wie sie ja eigentlich in der biblischen Weihnachtsgeschichte bezeichnet werden, in den Kopf kam.

Auf dem Einzelplatz nahe der hinteren Ausgangstür saß ein älterer Herr im feinen Lodenmantel, Bügelfaltenhose und mit schicken Lederhandschuhen. Vor sich einen großen Leinenbeutel, gefüllt mit stilvoll verpackten Geschenken. Wohl auf dem Weg zur Familie eines seiner Kinder. Oder von Freunden?

Auf den geräumigen Einzelplatz für Schwerbehinderte hatte sich eine Teenagerin gefläzt und es sich gemütlich gemacht. Vielleicht 15, 16, 17 Jahre alt. Schwarz gefärbte Haare, anscheinend zur Feier des Festes mit grünen und roten Strähnen dekoriert, Lippen- und Nasenpiercing. Unter den Augen mit schwarzem Kajalstift geschminkt. Was ihr wohl ein Respekt einflößendes Aussehen vermitteln sollte. Schwarze, nietenbesetzte Lederjacke über schwarzen Klamotten und Schottenkarorock. War ständig mit ihrem Smartphone beschäftigt. Manchmal meinte Bodo, ein gemurmeltes „Scheiße, Scheiße, Scheiße" zu hören.

Im vorderen Teil erblickte Bodo eine Gruppe Berufsjugendlicher. Gestandene Männer – alle in ihren 40er und 50er

Jahren – in betont lässiger Kleidung und mit viel Pomade gestylten Frisuren. Sie hatten Musikinstrumente dabei: Gitarre, Cajon und etwas, das wie ein „Besenstilbass“ aussah. Vielleicht ja die „Toten Hosen“ auf dem Weg zu einem ihrer berühmt-berüchtigten Wohnzimmerkonzerte für eine Palette Dosenbier? Trotz ihrer Bekanntheit gaben sie ja immer wieder mal solche Konzerte. Vielleicht sollte ich sie auch mal einladen, dachte Bodo amüsiert bei sich. Aber Weihnachten wären sie dann ja als „Rote Rosen“ unterwegs, überlegte er weiter, und unplugged spielten die bestimmt nicht.

Hier und da saßen vereinzelt noch ein paar weitere Personen. Aber alle schön weit auseinander, mit ihren Gedanken beschäftigt.

Und während er die illustre Weihnachtsgesellschaft betrachtete, die sich hier ungeplant zusammengefunden hatte, war die „blaue Stunde“ von der Dunkelheit abgelöst worden. Beim Blick aus dem Fenster der fahrenden U 79 stellte er fest, dass es tatsächlich leicht anfing zu schneien. Wie es der Wetterbericht für diesen Tag angekündigt hatte. Sie befanden sich jetzt auf dem Stückchen „Niemandsland“, wie er es gerne nannte, dem freien Feld zwischen den Stadtgrenzen. Der Schnee hatte schon für eine leichte weiße Zuckerung des Bodens gesorgt. Bodo begann jetzt, sich mehr und mehr auf den bevorstehenden Gottesdienst zu fokussieren, und ging im Kopf noch mal die Predigt durch, die er nachher halten würde. Er freute sich auf den Gottesdienst ebenso wie auf den Heiligen Abend zu Hause mit seiner Familie.

An der „Bedarfhaltestelle Froschenteich“, mitten im Niemandsland, hielt die Bahn tatsächlich, und noch jemand stieg ein. *Wo kommt der denn her?*, dachte Bodo bei sich, *sieht ja aus wie 'n Hirte – und riecht irgendwie auch so.*

Nur noch wenige Stationen, dann hätte er sein Ziel erreicht. Er zog das Manuskript seiner Predigt aus der Innentasche, um noch einen letzten Blick hineinzuwerfen und sich die Schlüsselaussagen zu vergegenwärtigen.

Auf einmal blieb die Bahn abrupt stehen. Die Fahrgäste wurden ordentlich durchgeschüttelt, einige hatten Mühe, sich auf ihrem Platz zu halten, aber keiner wurde verletzt. Mitten zwischen den Haltestellen „Froschenteich" und „Kesselsberg".

Da standen sie nun auf freiem Feld. *Geht bestimmt gleich weiter*, dachte Bodo bei sich. Sagte das auch zu der Person, die ihm am nächsten saß. Aber es ging nicht gleich weiter. Minute um Minute verstrichen, und Bodo wurde so langsam nervös. Immerhin hatte er einen entscheidenden Part zu übernehmen im Gottesdienst. Die DVG, eine der beiden U 79-Betreibergesellschaften, hatte schon lange nicht mehr die neueste Flotte an Bahnfahrzeugen. Das war bekannt. *Aber sie werden ja wohl nicht ausgerechnet an den Weihnachtstagen ihre ältesten Fahrzeuge einsetzen*, hoffte Bodo.

„Liebe Mitfahrgäste, Sie brauchen keine Angst zu haben, aber die Fahrt geht vorerst nicht weiter." Der Typ, der gerade eben an der Bedarfshaltestelle zugestiegen war, war aufgestanden und sprach nun laut und vernehmbar zu den Fahrgästen. Wie sich herausstellte, war er tatsächlich ein Hirte. Schafhirte. „Seit Jahren versuchen wir Hirten, auf unsere Arbeitsbedingungen und sehr begrenzten Verdienstmöglichkeiten aufmerksam zu machen. Aber da wir bisher weder in der Öffentlichkeit noch in den politischen Gremien Gehör fanden, haben drei meiner Kollegen und ich beschlossen, unsere Schafherden zusammenzutreiben und diese Strecke am heutigen Abend zu blockieren. Mit einer durch eine Schafherde blockierten U-Bahn-Strecke am Heiligen Abend haben wir zumindest die Möglichkeit, in die Berichterstattung der Medien zu kommen und für unser Anliegen eine Öffentlichkeit zu schaffen. Es tut mir leid, dass Ihr Heiligabend dieses Jahr ein wenig anders verlaufen wird, aber wir sahen keine andere Möglichkeit. Sie sind auch nicht die Einzigen, die es betrifft. Zeitgleich laufen solche Aktionen in mehreren Städten in Deutschland. Die Redaktionen von Zeitung, Rundfunk und Fernsehen wurden vor wenigen Minuten informiert. Und jetzt warten wir mal, was passiert. Frohe Weihnachten trotzdem."

Und richtig, als er aus dem Fenster sah, entdeckte Bodo jede Menge Schafe, die den Waggon regelrecht umzingelt hatten. An eine Weiterfahrt war absolut nicht zu denken. *Na super*, dachte Bodo, *das war's dann wohl. Den Gottesdienst kann ich mir von der Backe putzen. Hier draußen, auf dem Felde bei den Hürden, wo des Nachts die Hirten ihre Schafe hüten. Vielleicht kommt ja gleich auch noch ein Engel vorbei ...*, ließ er seinem aufkommenden Sarkasmus freien Lauf. Der hatte ihm schon oft geholfen, schräge Situationen unbeschadet zu überstehen.

Leichte Unruhe machte sich im Waggon breit, aber Panik kam nicht auf. Ändern können wir es eh nicht, dachten wohl die meisten. Die Atmosphäre blieb auffallend gelassen. *Ist das etwa der Weihnachtsfriede?*, überlegte Bodo.

Die „Berufsjugendlichen" erhoben sich auf einmal von ihren Plätzen, schnappten ihre Instrumente und intonierten mit verschmitzten Gesichtern „O du fröhliche". Etwas anders, als die meisten es kannten, deutlich schneller und mit unüberhörbaren Punkrock-Anklängen. *Hören sich ja tatsächlich an wie die Toten Hosen*, dachte Bodo, wippte seinen Fuß im Takt und summte erst leise, dann deutlich vernehmbar mit.

„Einen schönen guten Abend!" Nachdem der erste Song verklungen war, meldete sich der Sänger zu Wort: „Mein Name ist Campino, das hier ist Breiti, und von den anderen habt ihr vielleicht auch schon mal gehört. Heute wollten wir als ‚Rote Rosen' zum ersten Mal ein *Wir-warten-aufs-Christkind-Unplugged-Wohnzimmer-Konzert* spielen. Im HÜBI in Ruhrort, dieser Kult-Kneipe an der Hafenmündung. Die HAFEN-JAM-Session-Gang von da liegt uns damit schon seit Jahren in den Ohren. Haben extra die U-Bahn genommen, damit wir auch was trinken können. Wird wohl heute nix. Oder zumindest später. Aber hier Trübsal blasen ist ja auch doof. Da können wir hier auch gemeinsam singenderweise aufs Christkind warten – so wie früher, bei der Fernsehsendung im Ersten. Ist ja alles versammelt: die Hirten auf dem Felde bei den Hürden, die des Nachts ihre Schafe hüten. Und die Heiligen Drei Könige sind auch da", bemerkte Campino breit grinsend mit einem Kopfnicken in Richtung der drei vermeintlichen Flüchtlinge. „Fehlt tatsächlich nur noch das Christkind", fuhr er lachend fort, „wie heißt es noch? Jesus, oder?!? Wundert mich ein bisschen, dass es hier noch keinen Krawall gab. Scheint Weihnachten ja doch so'n kleines Wunderfest zu sein."

Das ist ja irre, dachte Bodo bei sich, *die hören sich nicht nur so an, das sind die Toten Hosen!* Und dann erwiderte er dem Sänger und wunderte sich dabei selbst über die Worte aus seinem Mund: „Jesus bin ich zwar nicht, beschäftige mich aber von Berufswegen mit ihm. Als Pastor wollte ich eigentlich gleich im Weihnachtsgottesdienst meiner Gemeinde darüber predigen, was für Auswirkungen die Menschwerdung Gottes so haben kann. Den Gottesdienst werde ich wohl genauso wenig rechtzeitig erreichen wie ihr euren Gig im HÜBI. Aber warum machen wir nicht beides zusammen? Feiern hier so 'ne Art Retro-Weihnachten. Ihr sorgt für die Musik, seid quasi der Engelschor, und ich erzähl ein bisschen was aus meiner Predigt."

„Hatten wir noch nie", meinte Campino, „machen wir."

Auch den anderen Fahrgästen schien die Idee zu gefallen, und sie rückten schon mal näher zusammen.

„Da fehlt aber noch der Stall", meldete sich die Teenagerin vom Behindertensitzplatz.

„Ohne Stall kein Weihnachten." Das sahen die anderen Fahrgäste zwar anders, aber Bodo ging auf ihren Einwand ein: „Mit einem klassischen Stall kann ich zwar nicht dienen, aber nur ein paar Minuten entfernt von hier befindet sich die Hubertuskapelle, gleich neben einem Reitverein. Da können wir alle hingehen, wenn ihr mögt. Die ist meistens geöffnet. Zumindest weiß ich, wo der Schlüssel liegt. Die vielen Schafe hier sind eh sehr laut. Dort hätten wir ein bisschen mehr Ruhe."

Die Idee gefiel. Da die Schneewolken draußen weitergezogen waren und nun wieder sternklare Nacht herrschte, konnte man auch trocken dorthin gelangen. Bodo rief mit seinem Handy noch Uli an, einen der Gemeindeältesten, schilderte die Lage und informierte ihn, dass er es heute wohl nicht zum Gottesdienst schaffen würde. Uli erklärte sich spontan bereit, anstatt der Predigt einige Impulsgedanken weiterzugeben. Würde es halt eine kurze Predigt werden. Bodo freute sich einmal mehr über seine fähigen Mitarbeiter und dass sie ihn in dieser Situation nicht hängenließen. Die Toten Hosen informierten noch das HÜBI, dass es wohl deutlich später werden würde. Der Schaffner der U 79 öffnete die Türen, und tatsächlich traten alle Fahrgäste ins Freie und ließen sich von Bodo zur Kapelle führen. Selbst die Hirten gingen mit. Sollten die Journalisten doch zur Kapelle kommen.

In der Kapelle fanden sich noch genug Kerzen, die angezündet ein schönes, stimmungsvolles Licht warfen. Die Roten Rosen intonierten einige Weihnachtsklassiker auf ihre spezielle Art, und irgendwie schafften es alle, mit einzustimmen. Dann begann Bodo seine Predigt:

„Ich möchte Ihnen und Euch meinen Lieblings-Weihnachts-Comic vorstellen. Einen Comic-Strip von *HÄGÄR dem Schrecklichen*, diesem unerschrockenen Wikinger, der oft gar nicht so schrecklich ist." Und dann fasste er einen Comic-Strip zusammen, in dem sich Hägars kleiner Sohn in einer sternenklaren Nacht zur Weihnachtszeit mit einem Mönch unterhält. „Ich liebe diese Jahreszeit", sagt er zu dem Geistlichen. „Alle sind so glücklich, freundlich und hilfsbereit. Alles ist so friedlich und harmonisch." Sogar Menschen, die sich sonst „mit dem Hintern nicht angucken", gehen auf einmal sehr freundlich miteinander um. Selbst die Wikinger seines Vaters und die englischen Soldaten – eigentlich ja Erzfeinde. Seine Beobachtungen schließt der kleine Wikinger ab mit einer besonderen Entdeckung, die er dem Mönch aufgeregt mitteilt: „Und sieh doch! Dieser Stern war vorher noch nie da!" Dabei zeigt er auf einen Stern, der besonders hell leuchtet und größer als die anderen zu sein scheint. Der Mönch antwortet nur: „Oh nein, der ist die ganze Zeit da! Aber die meisten Menschen können ihn nur zu Weihnachten sehen!"

„Der Stern ist die ganze Zeit da! Aber die meisten Menschen können ihn nur zu Weihnachten sehen!", griff Bodo die letzte Aussage auf. „Wann fangen wir an, das ganze Jahr auf ihn zu achten? Da könnte sich einiges zum Positiven verändern, und wir würden so einen schrägen Abend, wie wir ihn heute haben, öfter erleben. An dem Menschen miteinander harmonieren, die sich sonst aus dem Weg gehen, kaum beachten oder sogar das Leben schwer machen. Jesus, das Friedenskind, macht's möglich. Vielleicht einfach mal auf seine Vorschläge zum Leben achten. Öfter mal mit ihm kommunizieren. Soll Wunder wirken. Weihnachtswunder!" Und damit beendete Bodo auch schon die Predigt.

Nicht nur die Toten Hosen schienen ergriffen, als sie anschließend den Weihnachtshit schlechthin anstimmten: Stille Nacht. Ganz klassisch, ohne eigene Interpretation. Campino begann a capella, und die U-79-Gemeinde stimmte ein. Ganz sachte schlich sich die Band dazu.

Und als sie wieder ins Freie traten, war da auf einmal eine relativ große Menschenmenge. Ein Teil von Bodos Gemeindemitgliedern hatte spontan beschlossen, nach dem Heiligabend-Gottesdienst nur kurz zu Hause aufzuschlagen, das Weihnachtsmenü einzupacken, das bei den meisten ohnehin nur aus Kartoffelsalat und Würstchen bestand, und dann zu den Gestrandeten draußen vor die Tore der Stadt zu fahren. Nach draußen aufs Feld bei den Hürden und den Schienensträngen, wo es in dieser Nacht einigen Hirten einfiel, ihre Schafe zu hüten. Medienvertreter waren auch inzwischen eingetroffen, und die Schafhirten gaben eine Pressekonferenz. Und da bereits einige lokale Rundfunksender von dem Ereignis berichtet hatten, kamen auch andere Bürger aus der näheren Umgebung vorbei und hatten ein bisschen Proviant dabei.

Hungrig und durstig musste hier keiner bleiben. Polizei und Rettungskräfte waren ebenfalls in ausreichender Anzahl vorhanden. Und auch, als sie merkten, dass es für sie nichts zu tun gab, blieben sie noch ein wenig länger.

Und so gab es eine sehr spontane und ursprüngliche und einmalige Open-Air-Weihnachtsparty. Zusammengesetzt aus Menschen aller sozialer Schichten und verschiedenster Generationen und Nationalitäten.

Dass die Strecke inzwischen geräumt und wieder befahrbar war, interessierte niemanden. Auch die Roten Rosen ließen noch einige Bahnen der Linie U 79 passieren, bevor sie weiterzogen zum HÜBI und der HAFEN-Jam-Gang nach Ruhrort. Und als Bodo zu seiner Familie, die natürlich auch zum Ort des Geschehens geeilt war, ins Auto steigen wollte, schaute er noch einmal zum Sternenhimmel. Und ein Stern, genau über diesem Stück Erde, schien irgendwie besonders hell zu leuchten. Ob der wohl schon immer da gewesen war?

Timmy und Jimmy feiern Weihnachten

Gofi Müller

Dieses Weihnachtsfest sollte das erste sein, das wir als junge Familie alleine feierten. Bisher war es üblich gewesen, dass wir uns unseren Eltern und Geschwistern anschlossen. Aber jetzt, wo wir Kinder hatten, wollten wir ein eigenes Fest mit eigenem Baum in unserem eigenen Wohnzimmer feiern. Zugegeben, es fühlte sich merkwürdig an, fast so, als würden wir ein zweites Mal von zu Hause ausziehen. Wir wollten es dennoch. Es war ein Zeichen unserer Reife, so dachten wir, es dokumentierte, dass wir nun wirklich erwachsen geworden waren.

Timmy war etwas über zwei Jahre alt, und Jimmy war gerade geboren worden. Der einzige der beiden kleinen Autisten, der also für ein Weihnachtsgeschenk in Frage kam, so fanden wir, war Timmy. Er liebte Autos über alles, auch wenn er natürlich nicht im herkömmlichen Sinne mit ihnen spielte, sondern sie lediglich betastete und vor allem mit dem Daumen an ihren Hinterrädern drehte. Wir hielten es deshalb für eine gute Idee, ihm ein schönes großes Geschenk zu machen, das irgendetwas mit Autos zu tun hatte. Schließlich war es unser erstes echtes Familienweihnachtsfest, und natürlich sollte es etwas Besonderes sein.

Wir entschieden uns für eine mehrstöckige Spielzeugautogarage, in der Timmy seine Autos herein- und hinausfahren lassen oder sie mit einem Fahrstuhl auf die oberste Ebene transportieren konnte. Sorgsam achteten wir darauf, dass der ältere der Brüder nichts von dem Kauf mitbekam, und wickelten den großen Karton stolz in schönes Geschenkpapier ein.

Unsere Vorfreude auf Timmys glückliches Gesicht wuchs, je näher der Heilige Abend rückte.

Endlich war es so weit! Wir hatten einen lärmigen Gottesdienst mit vielen Kindern über uns ergehen lassen, aus dem Timmy fortwährend flüchten wollte, weil ihm die Lautstärke der Kinderstimmen und die Musik auf die Nerven gingen und weil er sich durch die Gerüche der Menschen belästigt fühlte und weil wir ihm die Bedeutung der weihnachtlichen Tradition nicht begreiflich machen konnten. (Um ehrlich zu sein, begannen wir unter diesen Umständen selbst am Sinn der Tradition zu zweifeln.) Schließlich betraten wir erschöpft wieder unsere Wohnung und gingen sofort zum wichtigsten Teil des Abends über: der Bescherung.

Timmy hatte schon herausgefunden, dass das größte Geschenk des Abends für ihn bestimmt war, und konnte es kaum erwarten, das Papier endlich aufzureißen. Wir mussten ihm dabei helfen, denn seine Hände waren noch zu kraftlos und ungeschickt, um es mit dem Klebefilm und dem starken Papier aufnehmen zu können. Dann lag der große Karton endlich vor ihm, und Timmy beäugte ihn argwöhnisch. Ein großes Bild zeigte die Garage in voller Aktion: Autos schienen darauf herein und hinauszurasen, und zwar so schnell, dass sie nur ganz verschwommen zu sehen waren. Unser Sohn blickte uns mit großen Augen an.

„Na“, sagten wir, „wie findest du das? Freust du dich?“

„Schokolade?“, antwortete Timmy.

„Nein, Timmy, das ist eine Garage für deine Autos! Da kannst du jetzt immer schön deine Autos drinne parken lassen. Das ist ganz toll!“, fügten wir energisch hinzu, weil uns langsam dämmerte, dass Timmy sich überhaupt nicht freute. Stattdessen kramte er im bunten Papier herum, das jetzt verstreut auf dem Boden lag, um nach weiteren Geschenken zu suchen. Doch so leicht würden wir uns nicht geschlagen geben. Timmy, so meinten wir, hatte einfach nur noch nicht begriffen, was für ein grandioses Geschenk er da von uns erhalten hatte. Wir mussten es ihm nur verständlich machen, und dann würde er sich freuen, genau so wie wir es vorausgesehen hatten.

Resolut schnappte sich meine Frau die Pappschachtel und öffnete sie. „Komm“, sagte sie, „wir bauen die Garage mal auf!“ „Guck mal, Autos“, assistierte ich hilflos und deutete auf das Bild der Verpackung, weil unser Sohn doch Autos so liebte und ich inständig hoffte, dass dieser Hinweis seine Laune retten würde. Aber in der Schachtel befanden sich keine Autos. Nur eine unendliche Vielzahl an quietschbunten Plastikteilchen, die erst zusammengesetzt eine Parkgarage ergeben sollten. Mit zitternden Händen machte sich meine Frau daran, die Elemente zusammenzusetzen, während ich hilflos Ermutigungen und Beschwichtigungen stammelte. Uns war mittlerweile klargeworden, dass hier eine ganz große Pleite drohte.

Als meine Frau schließlich die Parkgarage zusammengebaut hatte und in einem letzten verzweifelten Versuch, den Abend zu retten, mit gespieltem Triumph Timmys Geschenk vor ihn auf den Boden stellte, stieß der kleine Autist einen Schrei aus, packte das kantige Ding und schleuderte es ihr an den Kopf. Das war zu viel. Sie brach in Tränen aus, und es war klar, dass unser Kampf um ein fröhliches Weihnachtsfest für dieses Mal verloren war.

„Scheiß doch auf den scheiß Heiligabend“, zischte sie. „Ich will spazieren gehen.“ „Aber“, protestierte ich, weil ich meine Hoffnung auf ein traditionelles, beschauliches Fest noch nicht ganz begraben hatte, „wir feiern doch gerade unser erstes eigenes Weihnachten! Du kannst doch jetzt nicht spazieren gehen!“ „Mir ist die Lust auf feiern vergangen“, schniefte sie. „Lass uns rausgehen und bei den Leuten in die Fenster gucken.“ Ich sah es ein: Es war zwecklos. Dieser Abend war nur noch dadurch zu retten, dass wir so taten, als wäre es der ganz normale Abend eines stinknormalen Wochentages.

Wir packten beide Jungs warm ein, setzten sie in den großen Doppelkinderwagen, den wir „das Schiff“ getauft hatten, und durchstreiften schweigend und deprimiert die Stadt. Draußen war es dunkel, kalt und sehr still. Aus den Fenstern der Häuser leuchteten vereinzelt matte Lichter: Kerzen, Lichterketten und anderer üblicher Weihnachtsschmuck. Die frische Luft und die Bewegung taten gut. *Wer sagt denn überhaupt*, dachte ich, *dass diese Leute, die da hinter ihren Gardinen und vor ihren Bäumen hocken, wirklich glücklicher sind als wir?* Meine Frau wandte sich an mich und hatte jetzt wieder ein leichtes Lächeln auf den Lippen. „Weißt du, worauf ich Lust habe?", fragte sie. „Nee, worauf?" „Döner!" „Leck mich am Arsch", sagte ich fröhlich, „warum eigentlich nicht?"

Wir lenkten das Schiff Richtung Wilhelm-Kaisen-Platz, dorthin, wo unser Lieblingsimbiss war, und bestellten uns jeder einen schönen großen Döner. Im Laden war es uns zu warm, außerdem hatte das Schiff darin keinen Platz, und es war zu umständlich, beide Kinder aus dem Wagen zu hieven. Also stellten wir uns draußen an die Straße, direkt neben einen Stromkasten, und betrachteten das heiligabendliche Treiben unseres kleinen Städtchens. Just in diesem Augenblick läuteten die Glocken der nahen Kirche, die Christmette war gerade zu Ende gegangen. Und so kam es, dass, während wir in unsere Döner bissen, gutgekleidete Damen und Herren wie in einer Prozession an uns vorbeizogen, auf dem Weg zu ihrem Festessen, und uns argwöhnisch musterten.

„Ich komm mir vor wie die Heilige Familie", grinste ich mit vollem Mund. „So was Ähnliches habe ich auch grad gedacht", grinste sie zurück. Dann mussten wir beide lachen. Unser erster eigener Heiliger Abend war nicht gerade vorschriftsmäßig verlaufen. Aber dafür war er unvergesslich.

(Zeitgleich erschienen im Geschichtensammelband von Gofi Müller, „Die Ausreißer", 2017, Eigenverlag, BoD)

Autorinnen und Autoren

JÖRG ARNDT, Baujahr 1961, verheiratet, vier erwachsene Kinder, ist Pastor einer Landgemeinde im Norden Schleswig-Holsteins und liebt das Schreiben: Predigten, Zeitungsartikel, Kurzgeschichten, Anspiele, Musicals.
Mehr von ihm unter: *www.joergarndt.wordpress.de*

FRANK BONKOWSKI, verheiratet mit Loretta, drei Kinder, theologische Ausbildung in Deutschland und Kanada. Über 15 Jahre war er in der Jugend- u. Gemeindearbeit sowie Gemeindegründungsarbeit an der kanadischen Westküste tätig, ehe er wieder nach Deutschland zurückkehrte, wo er seitdem als Referent, Buchautor sowie Pastor in Bad Segeberg arbeitet.
Sein Blog: *www.untenwieoben.de*

CHRISTINA BRUDERECK verbindet Theologie und Lyrik, Spiritualität, Kultur und Politik. Sie spricht, reimt, reist und schreibt. Sie initiiert immer wieder Projekte für religiöse Kreative und liebt das Ruhrgebiet, wo sie in einer Kommunität lebt. Mit ihrem Mann Ben Seipel bildet sie zusammen das Duo „2Flügel". *www.christinabrudereck.de*

CHRISTIAN DÖRING „snakt geern platt" und rezensiert liebend gerne Bücher. Er ist verheiratet mit Roswitha und lebt mit ihr, fünf Kindern, zwei Wellensittichen und drei Katzen mitten in einem brandenburgischen Wald.

KLAUS DOJAHN wurde 1938 in Königsberg geboren. Nach Kriegsflucht zunächst Stationen in Schleswig-Holstein und Süddeutschland (Lörrach). Dort berufliche Ausbildung zum Elektriker und nach erfolgreichem Abschluss 1957 nach Kanada ausgewandert. 1965 schließlich in die USA emigriert – nach San Jose, Bay Area, in Kalifornien, wo er als Elektriker – davon viele Jahre mit eigenem Unternehmen – gearbeitet hat und bis heute mit seiner Ehefrau Adeline lebt.

ALBRECHT GRALLE, 1949 in Stuttgart geboren, studierte evangelische Theologie. Danach verschiedene Anstellungen im In- und Ausland als Pastor und Dozent. Seit 1976 schreibt Albrecht Gralle Kurzgeschichten. Es folgten Romane und Kinderbücher. Albrecht Gralle wohnt mit seiner Frau in Northeim bei Göttingen, sie haben vier mittlerweile erwachsene Kinder. *www.albrechtgralle.de*

THOMAS KLAPPSTEIN (Herausgeber) ist Theologe und Diplom-Verwaltungswirt. Er ist aktiv als Autor, Hochzeits- wie Trauerredner, Prediger, Presse- und Öffentlichkeitsreferent. Er ist Herausgeber der „Weihnachtswundernacht"-Reihe (Band 1-7). Mit seiner Frau Claudia (Sängerin, Musikerin und Musikpädagogin) lebt er in Duisburg; sie haben zwei Kinder. Kontakt: *ThoKla1@gmx.de*

MIRIAM KÜLLMER-VOGT vertritt zurzeit die hessen-nassauische Kirche bei den Vorbereitungen auf den Ökumenischen Kirchentag im Jahr 2021 in Frankfurt am Main. Zu ihren Aufgaben gehören unter anderem die Vernetzung der Beteiligten von evangelischer, katholischer und kommunaler Seite sowie die Motivation zur Mitwirkung an dem Großereignis. Ansonsten ist die Pfarrerin seit 2016 vom Pfarrdienst für künstlerische Projekte (u.a. „Katharina von Bora") vom Pfarrdienst beurlaubt. Sie lebt mit ihrer Familie in der Nähe von Frankfurt/Main. Mehr Infos: *www. theater-zauberwort.de* und *www.miriamkuellmer.de*

SABINE LANGENBACH, Jahrgang 1967, Radio/TV/Event-Moderatorin, freie Journalistin, Autorin und Referentin für Lebensfragen. Sie lebt mit ihrer Familie in Altena/Westfalen. Mehr Infos unter: *www.sabine-langenbach.de*

GOFI MÜLLER, Jahrgang 1970, hat in Bielefeld Literaturwissenschaft studiert. Er ist Künstler und Publizist und lebt mit seiner Familie in Marburg an der Lahn. Neben einigen Sachbüchern, einem Gedichtband und einen Roman hat er ein Rockalbum veröffentlicht, auf dem er singt und Posaune spielt. *www.gofi-mueller.de*

FABIAN VOGT ist Schriftsteller, Künstler und Theologe. Wenn er nicht gerade mit dem Kabarett „Duo Camillo" auf der Bühne steht, seine „Halbtags-Gemeinde" auf den Kopf stellt oder als Rundfunkautor geistlich Kompaktes zum Besten gibt, taucht er mit Leidenschaft in die grenzenlose Welt der Geschichten ein. *www.fabianvogt.de*

MICKEY WIESE will als Event-Pastor, Buchautor und Life-Coach Licht in vielen Finsternissen aufstrahlen lassen und das Leben feiern. *www.mickeywiese.de*